DATE DUE	DATE
Back - 5 DEC 1990	befo

CW01370668

# Les vacances de Monsieur Hulot

Jean-Claude Carrière

Les vacances de Monsieur Hulot

d'après le film de Jacques Tati
Illustrations de Pierre Étaix

Édition révisée

Robert Laffont

Neuf en Poche
l'école des loisirs
11, rue de Sèvres, Paris, 6ᵉ

© 1958 Robert Laffont, Paris
Dépôt légal : mai 1987
Imprimé en France par Firmin-Didot, Mesnil-sur-l'Estrée

HÔTEL DE LA PLAGE
16 JUILLET

Exode massif des vacances. Grande migration du mois de juillet. On part à la conquête de nouveaux cieux, de nouveaux sables. Nous avons quitté Paris ce matin, ma femme et moi, perdus dans une troupe d'estivants pêle-mêle et braillards. Les uns vont ici, les autres là.

On se rencontre.

Sacs tyroliens et cannes à pêche, contrôleurs ahuris qu'on houspille et dont on secoue, dont on arrache les boutons dorés, coups de sifflet, piétinements, appels, enfants giflés, chuintement des machines...

Il y avait beaucoup de monde dans cette gare. Il y avait aussi, et pour notre malheur, trois quais, le quai numéro 1, le quai numéro 2 et le quai numéro 3.

Et les haut-parleurs étaient enroués.

Avez-vous remarqué que tout individu, même s'il est de bon sens et très en avance, perd tout son sang-froid et toute dignité, dès qu'il pénètre dans la plus inoffensive des gares? Il court au hasard, il s'affole, brandit ses billets, égare ses bagages, apprend enfin qu'il devra patienter pendant cinquante minutes et ne comprend plus.

Nous en étions là. Au milieu d'une foule épaisse, nous tournions comme des totons.

Alors les haut-parleurs se mirent de la partie, pompeux et déréglés. Ils clamèrent :

– ATTENTION...
ATTENTION...

– Chut! fit la foule.

– ATTENTION... ATTENTION.

Nous étions braqués sur les entonnoirs. Hélas, rien n'en sortit, rien qu'une série de borborygmes, de grincements, de crépitements et de soupirs qui se terminaient par :

– QUAI NUMÉRO... NUMÉRO... Quel numéro ?

– Qu'est-ce qu'il dit ? Qu'est-ce qu'il dit ? demandent les gens qui passent en courant.

— Il a parlé de Saint-Malo...
— De Lorient...
— De Lorient ? Ce n'est pas possible !

Quand, à force de sueur, nous parvenons sur le quai numéro 2, le train n'est plus qu'une tache noire qui s'éloigne en fumant. Encore raté. Je n'en peux plus. J'ai envie de m'asseoir sur une marche d'escalier et d'y passer mes vacances. Pourquoi tout ce mal ? Pourquoi ce bruit, cette fatigue ?

— ATTENTION... ATTENTION...

On tend l'oreille. En vain.

— Quai numéro 1 ! crie-t-on.

On y court. Nous voici sous terre une fois de plus.

Je ne vois rien. Je n'entends rien. Nous sommes perdus dans le noir et dans le vacarme.

Tiens, encore une locomotive... Est-ce la nôtre ?

Par un de ces miracles dont le hasard, et peut-être ma femme, ont le secret, nous nous retrouvâmes assis vaille que vaille dans un compartiment surchauffé. Ma femme s'était installée, à cause de son estomac, n'est-ce pas ? dans le sens de la marche du train, et moi en face.

Comme chaque année, à la même date, nous regardions défiler les mêmes bocages, les lignes d'arbres, les collines interminables, tous ces paysages inachevés.

– Que de vert! s'écriait ma femme.

Sur les routes, aux passages à niveau, nous apercevions des automobiles bondées, bardées d'engins de pêche, blanches de poussière et criblées de gra-

vier. Tout le peuple des villes se déplaçait en grande fanfare. Les moteurs ronflaient. Des mains tendues désignaient un site historique, un mamelon célèbre.

L'avouerai-je? Je somnolais un peu, je rêvais de fraîcheur, de petits ruisseaux transparents courant sur la roche, de lacs glacés où zigzaguent les truites, et je fus tout à coup arraché à ce demi-sommeil, où me parvenaient, lointaines, les admirations de ma femme, par une série de détonations.

Oui. Des coups de feu.

Je sursautai, et mon panama glissa sur mes yeux. Qu'était-ce ? Une partie de chasse ?

Je regardai ma femme, l'interrogeant des yeux. Mais elle n'avait, je crois, rien remarqué.

— Encore une vache, me dit-elle dans un sourire. Là... Tu la vois ?

— Où ?

— Près de la barrière.

— Une vache ?

Mais... Et ces pétards qui reprenaient de plus belle ? Un accident ? Un règlement de comptes ? Un duel sur le pré ?

Poussé par ma curiosité naturelle, qui est insatiable, je me penchai à la portière, au mépris des conseils de prudence donnés en trois langues par les plaques émaillées.

— Fais attention à ton chapeau, me dit ma femme.

Une petite route côtoyait la voie ferrée. Sur cette route, qui serpentait entre les peupliers, j'aperçus quelque chose, une chose qui, ma foi, pouvait être une voiture, ou tout autre animal fabuleux.

Quatre roues, une capote claire, un bouchon de radiateur... Mais oui, une voiture.

Je la voyais, selon les hasards de la route, tantôt de profil,

tantôt de face,

déglinguée, avançant par bonds comme les kangourous du zoo de Vincennes que nous allons revoir à chaque printemps, et mitraillant sans pitié la chaussée. Elle était plantée d'une épuisette qui ressemblait à un drapeau blanc et, de fait, on avait l'impression qu'elle brûlait ses dernières cartouches.

Etrange pétrolette, qui s'en allait à l'aventure sur une route ensoleillée. Les limousines la doublaient sans douceur, orgueilleuses, la repoussaient sur les bas-côtés de la route, l'ignoraient souvent. On la sentait chétive et polie, un peu rageuse toutefois.

Je la perdis de vue au premier raidillon (le tortillard la distança), mais longtemps encore je continuai à entendre dans le lointain des explosions qui semaient l'effroi dans les vols d'étourneaux.

— Rentre, me dit ma femme, ou bien tu vas attraper un charbon dans l'œil.

Pour atteindre notre station balnéaire (sachez que je ne me baigne jamais, par horreur de l'eau froide), il nous fallut, après l'engourdissement du chemin de fer, subir pendant une quarantaine de kilomètres le supplice de l'autocar. Je ne vous parlerai pas des autocars, des acrobaties nécessaires, de la chaleur. Vous connaissez tout cela, non?

— Il fait chaud, disait parfois ma femme, en soulevant sa gorge dans un soupir.

Comme une leçon bien apprise je répondais:
— Encore plus chaud que dans le train, ma chérie.
Ma femme n'espérait pas d'autre réponse.

Nous tressautions depuis dix minutes, suffoqués, courbatus, sur une route raboteuse comme les pavés de l'enfer – mais sans les bonnes intentions qui, dit-on, les caractérisent – lorsque pour la deuxième fois retentit à mes oreilles une salve d'artillerie.

— Des éclairs de chaleur, dit ma femme.

Pan, et pan, pan-pan ! La guimbarde, parbleu, c'était elle ! Cette bizarre bouche à feu m'était déjà familière.

Je l'aperçus devant nous à un tournant. Telle un caneton déplumé, au croupion pointu, elle se dandinait d'un bas-côté à l'autre. Nous la suivîmes pendant un certain temps, de crochet en crochet, sur une route étroite. Elle allait tout de guingois, le nez au vent, semant des écrous sur la route, roulant à la fortune du volant, tantôt sur la chaussée et tantôt ailleurs, ralentissant sans raison, s'arrêtant presque, puis repartant à toutes roues, vivante et fantasque.

Les peupliers et les bornes l'épargnaient. La corne de l'autocar s'époumonait à lui réclamer le passage. Elle ne l'écoutait même pas.

Elle allait son chemin brisé, admirant peut-être le paysage. Elle partait en vacances, elle aussi.

Je la vis freiner et faire doucement halte devant nous pendant la traversée d'un village. Image de la béatitude paresseuse, un chien dormait, étalé au beau milieu de la route. La poire aigrelette de la pétrolette le pria de s'écarter, une fois, deux fois, mais en pure perte. Le chien releva, non sans peine, sa paupière engourdie, et ne bougea pas. Il savait que ces roues bringuebalantes aux rayons tordus ne lui feraient aucun mal. Cette voiture n'était pas comme les autres. L'animal avait reconnu une amie.

Moi aussi, peut-être.

Quand le chien s'étira, enfin, quand il se leva, les

pattes raides, ce fut de son plein gré, sans mauvaise humeur ni insolence. Il vint sans crainte et à pas lents près de la portière et je vis une main, une main d'homme, se glisser hors de la capote pour caresser légèrement cette tête de chien confiante. Une entente, une complicité éphémère était signée.

La voiture repartait déjà.

L'*Hôtel de la Plage*. Le hall de cet hôtel. Notre terminus. On ne va pas plus loin: il y a la mer.

Dans l'inaction complète, nous attendions, réunis là, le repas du soir, le premier repas de vacances.

Vacances, soleil et pluie, chaleur et vent, moutonnement des coutumes, lenteur des jours. Curieuse vie, plus monotone que le battement des vagues sur la plage, pleine de charme aussi, d'un charme étrange. Jours de patience. Sommeil discret. Je connais cette rengaine que je chante depuis vingt ans.

Je suis un petit homme d'un certain âge qui, chaque année, prend le même chemin, un fonctionnaire. Peut-être l'aviez-vous deviné.

Nous n'étions arrivés que depuis deux heures et déjà, les bagages défaits, les fiches remplies, nous ne savions que devenir. Ma femme m'avait proposé une promenade, mais il était bien tard pour sortir, surtout avec ce ciel couvert.

Le hall est aussi notre salle commune. Sitôt que je pénètre dans ces lieux, je crois n'en être jamais parti. Aucun sentiment d'étrangeté ne me saisit. Je ne suis pas «dépaysé», comme on dit. Des odeurs, des couleurs et des bruits familiers m'entourent, me rassurant et m'inquiétant, car si je retrouve avec une inavouable satisfaction un endroit connu, il me semble qu'il suffirait d'une mince anicroche pour détruire cet équilibre et cette paix.

Des clients partaient, maussades. Nous arrivions, fiévreux. Lieu de passage propice aux adieux, lieu de séjour pour un bonhomme comme moi. C'est pourquoi j'épluche le décor. Les murs sont d'un vert pâle un peu passé, les tables brunes. Quelques fleurs anémiées s'étiolent dans les vases. Des globes lumineux. Pas d'ascenseur, bien entendu. A gauche de l'entrée, le comptoir en faux acajou où trône monsieur Ménard, notre patron.

Face à la porte, l'escalier qui conduit aux chambres.

Debout, le commandant racontait ses campagnes. Cassant comme du bois sec, les moustaches en cornes de bœuf, coiffé d'une sorte de casquette qui rappelait un peu son képi d'autrefois, le commandant (en retraite) connaissait sur le bout du doigt, du petit doigt sur la couture, l'art de perdre les guerres en gagnant du galon.

– Ce brave Bichenard, disait-il, déjà colonel, commandait la place... Muté à Nancy à cette époque... je n'avais que deux ficelles et, ma foi, je ruais déjà dans les brancards... Bichenard me dit: Vous donne carte blanche... N'en profitez pas pour hisser le drapeau de la même couleur...

Monsieur Smutte, homme d'affaires belge aux lunettes d'écaille, à la figure ronde, triturait des papiers sur une table. Le garçon l'appelait de temps en temps, lui criant:

– Monsieur Smutte! Té... Téléphone!

A son short immaculé, à sa ceinture neuve en crocodile, à sa chemisette Lacoste, on voyait pourtant que monsieur Smutte se croyait en vacances.

Erreur... Les traites, les factures, les chèques et les bordereaux, sans quoi les affaires ne sont plus possibles, monsieur Smutte ne pouvait pas s'en passer. Business, business... L'*Hôtel de la Plage* est une succursale de son grand bureau de Bruxelles. Le téléphone happe monsieur Smutte à chaque minute, à n'importe quelle minute.

Monsieur Smutte et madame Smutte : encore des visages connus.

Dans un recoin, à droite de l'entrée, la bibliothèque, cosy sur lequel se heurtent quelques *Reader's digest* dépenaillés, des romans policiers, des œuvres de Delly, de George Sand. Là se tient, soir et matin, un jeune homme à la mine triste et savante, un philosophe, que sais-je ? On dit qu'il poursuit de hautes études.

Pipe au bec, il méditait devant un journal.

Quelque peu isolée derrière la haie d'une jardinière, une vieille dame brodait au tambour.

D'autres sommeillaient, bâillaient, lisaient, tricotaient, jouaient aux cartes. Le garçon, vieux

mollusque cafouillant, bafouillant (les autres garçons sont en vacances, alors qu'il est obligé de rester là, lui le minable, l'incapable), déambulait autour de nous comme un fantôme ronchonnant. Il paraît toujours en train de se demander ce que tous ces inconnus viennent chercher à l'*Hôtel de la Plage*. Il nous déteste. Il est notre mauvaise conscience.

Un bricoleur tripotait les boutons du poste de T.S.F.

L'heure était aux informations.

– Notre journal parlé vous présente son édition complète du soir... Le discours que le sous-secrétaire d'État au Budget a prononcé à Nœux-les-Mines a trouvé un écho ce matin à l'Assemblée. On se souvient que le sous-secrétaire d'État avait déclaré en substance... Les conclusions ont fait l'objet d'une communication à la presse...

– Monsieur Smutte! Té... Téléphone!

Monsieur Smutte bondit.

Je pensais à la jeune fille rencontrée dans le car. Elle vient ici pour la première fois et s'appelle Martine. Elle est descendue, sous les regards intéressés des petits jeunes gens de la plage, dans une villa proche de l'hôtel. Là, dès son arrivée, elle a fait tourner un disque, un disque en vogue, une chanson qui demande, et qui redemande, le temps qu'il fait à Paris. C'est la complainte de nos vacances, de notre exil.

– ... et voici les cours de fermeture à la Bourse de Paris...

Monsieur Smutte, qui revenait du téléphone, prêta l'oreille. Ce fut pour entendre :
– Quant aux canons antichars, ah, ah, laissez-moi rire !...
– Silence ! demanda monsieur Smutte.
Le commandant baissa la voix. Ceux qui lisaient ne levèrent pas les yeux de leurs livres. La dame qui brodait resta tout entière à sa passementerie, l'intellectuel à son journal, monsieur Fred à son apéritif. Le garçon jeta un regard à l'extérieur, en écartant le rideau d'une fenêtre.
A travers la table, ma femme se pencha vers moi.
– Tu devrais prendre tes gouttes, mon chéri. Nous mangeons dans un quart d'heure.

Subitement, il se passa quelque chose.

D'abord, avant tout autre phénomène, le commandant reçut une poussière dans l'œil et se crut trahi. Un courant d'air d'une rare brutalité envahissait le hall. Une tornade. Monsieur Smutte se jeta à plat ventre sur sa table pour retenir ses papiers qui s'envolaient. Madame la commandante, qui servait le thé à un ami, vit avec stupeur le filet de liquide, emporté par le vent, passer au-dessus de la tasse et arroser son invité. Les journaux, les chapeaux, balayés, tourbillonnaient. L'ouragan rabattait les cheveux, les moustaches, éparpillait les nappes en papier, une pile de gaufres. Eperdu, le torchon en désordre, le garçon plaquait ses pieds sur tout ce qui passait à sa portée, papiers de monsieur Smutte, fichus et gaufres. Ses pantoufles, des charentaises, traversèrent l'espace. J'oubliai pour ma part ce que j'étais en train de faire et doublai la dose de mes gouttes. Par bonheur, ma femme s'en aperçut. Cela n'avait d'ailleurs aucune importance.

Mais le vent saccageait notre tranquillité, déferlait sur notre petit monde clos.

C'était un crime de lèse-quiétude.

Sur le seuil on apercevait deux valises nouvelles, divers paquets, des cannes à pêche...

Jetant un regard au-dehors en écartant le rideau qui me frôle, je vis alors, arrêtée devant l'hôtel, devant notre hôtel, fumante et tremblante encore, la voiturette que nous avions doublée sur la route, le petit caneton bruyant qui partait en vacances...

Je n'eus aucune peine à la reconnaître.
Elle osait donc venir ici ? Parmi nous ?
La malheureuse !
Ma femme remarqua :
– Quel vent !
– La porte ! cria monsieur Smutte, vautré sur les papiers qui lui échappaient un à un. La porte !
Monsieur Ménard, patron de l'*Hôtel de la Plage,* se précipita, une bassine d'eau sale dans les bras, pour fermer la porte maudite.

Il tendit le pied...

La porte était déjà refermée. Monsieur Ménard, désemparé, déséquilibré, emporté par la bassine, glissa et renversa sur son carrelage une flaque d'eau de vaisselle.

Un homme était entré.

Le chauffeur de la pétrolette, sans aucun doute. Un homme grand, cérémonieusement penché en avant, les jambes raides, les talons joints. Le nez en périscope, la pipe en garde, l'œil rond contemplant avec candeur les dégâts.

Tous les regards se tournèrent vers lui. Mais il ne regardait rien, ni personne, pas même la flaque d'eau où pataugeait monsieur Ménard.

Le courant d'air s'était apaisé. Furibond, monsieur Smutte se relevait à grand-peine de sa table.

Le nouvel arrivant saisit ses deux valises, une dans chaque main, et s'approcha de la réception, où monsieur Ménard se tenait à présent à l'affût.

L'inconnu salua. Il n'arrêtait pas de saluer, posant ses valises pour saisir son chapeau, puis ressaisissant ses valises.

– Votre nom ? demanda le patron.

– ...

Le nouveau venu serrait une pipe droite entre ses dents. Il grommelait sans doute quelque chose, mais on ne comprenait rien.

– Votre nom ? répéta monsieur Ménard, qui s'efforçait de rester calme.

– ...

Alors, le patron saisit délicatement, je veux dire le plus délicatement possible, la pipe, et l'ôta de la bouche de l'inconnu en disant :
- Permettez ?
L'homme prononça distinctement :
- Hulot.
Puis il reprit, impassible, sa pipe, ses valises et tout son attirail, des épuisettes, une raquette de tennis, des paniers à poissons, des moulinets, des lignes. De toute évidence, cet homme, que je n'avais jamais vu par ici, voulait profiter au maximum de ses vacances. Il n'entendait pas s'en laisser conter. Les instruments qu'il trimbalait montraient assez qu'il n'était pas là pour se laisser vivre, ah ! mais non !

Pauvre homme ! S'il savait...

Le bout d'une de ses cannes à pêche, qui pointait devant lui comme une lance, piqua le plancher, s'y planta, se tendit à l'extrême, se libéra brusquement et vint cingler le dos de notre intellectuel, qui poussa un petit cri.

L'autre continuait son chemin, soulevant sur son passage une vague d'inquiétude, ou de colère muette, et bien que les clients fissent mine de l'ignorer, de garder leur calme, je devinais les regards en dessous, la curiosité des uns, la méfiance des autres.

Qui était cet olibrius pénétrant là comme en pays conquis ? De quel droit avait-il laissé la porte ouverte pendant près d'une minute ?

Il marchait vers l'escalier au pas cadencé, incliné en avant, à grandes enjambées mécaniques. Tous les trois pas, posant un instant ses paquets, il ôtait son couvre-chef pour saluer les dames.

Puis il repartait.

Le garçon tentait, avec le coin tire-bouchonné de son torchon, de délivrer l'œil du commandant du grain de poussière qui l'avait investi par traîtrise.

– Butor... Malotru... bougonnait l'officier.

Ce malotru qui s'appelait Hulot parvint au bas de l'escalier et l'attaqua gaillardement, comme un automate à ressorts. Il ne marchait pas comme tout le monde. De la caisse, monsieur Ménard le suivait d'un œil pensif, en mastiquant je ne sais quoi. L'eau sale qu'il avait renversée souillait encore le carrelage vert et blanc.

Quant à moi, je regardais disparaître avec une émotion légère cet homme qu'on sentait prêt à tout pour s'amuser. Je comprenais ce que pensaient les gens autour de moi, les victimes, le commandant qui frottait sa paupière, le philosophe flagellé, madame la commandante qui, rougissante, essuyait avec son mouchoir le pantalon de son invité, monsieur Smutte qui se glissait à quatre pattes sous les meubles pour retrouver ses jetons de présence, monsieur Ménard qui ruminait, le garçon qui recherchait en vain ses charentaises.

Ils pensaient : Cet homme est dangereux.

Peut-être ont-ils raison ? Qui sait ?

La paix revenait. Délivré de sa poussière, le commandant tentait de renouer le fil de son récit guerrier. Le patron regarda la pendule.

La cloche du dîner sonna, signal d'un assaut vers la salle à manger.

– Viens, me dit ma femme en prenant les devants.

Je la suivis en pensant à Hulot.

Je pense encore à lui, en écrivant ces lignes, je pense à cet hurluberlu dégingandé qui ne s'est pas soucié de nous, à cet homme civil, mécanique, harnaché, que le hasard mit à nos côtés pour trois semaines. Il est entré dans notre ennui comme une tornade brutale et fraîche.

19 JUILLET

Permettez-moi de vous présenter notre plage. Ce ne sera pas long, car vous la connaissez déjà, je pense. Enfant, une grand-tante vous a traîné quelque part sur la Manche ou sur l'Océan. Là, vous avez appris la brasse élémentaire, vous avez construit vos premiers pâtés. Grandi, vous y revenez peut-être.

Notre toute petite ville est assise au fond d'un golfe sans ampleur, un de ces golfes dont le nom ne figure pas sur les cartes, entre Saint-Nazaire et Lorient. Au sud, le golfe meurt sur une frange de rochers noirs piteusement déchiquetés qui donnent une illusion de pittoresque et contribuent au commerce de la carte postale. On les photographie souvent. On les peint parfois, le dimanche.

Au nord, la jetée, antenne lancée vers la mer, longue patte d'insecte blanc où viennent se coller les moules. Près de la jetée, le canal abrite une flotille de pêche et dégage des odeurs de marée. On le drague chaque année. Le canal s'enfonce dans les terres. On ne sait pas très bien où il va, ni d'où il vient. Une péniche vide où sèche du linge, de temps en temps, le ride.

Au fond du golfe, à l'abri de quelques dunes, notre station de bains de mer, sans casino, mais avec un cinéma qui projette des films vieux de vingt ans tous les samedis soir, l'eau courante, des villas modernes, un syndicat d'initiative, un golf-miniature et l'*Hôtel de la Plage*, bâtisse incolore et muette qui pourrait être n'importe quoi, une banque, un garage.

Devant l'hôtel, insigne privilège, s'étend la plage de sable fin, à peine souillée par des épaves d'arbres et des coquilles mortes, «une des plus belles plages de la région», dit le prospectus de monsieur Ménard. Là, des parasols, des ballons, notre univers immobile.

Je passe dans ce décor chaque jour aux mêmes heures, aux mêmes endroits. Enveloppée dans une robe blanche semée de fleurs bleues, coiffée d'un chapeau de paille dont le ruban frissonne, mon épouse marche devant moi, une main sur la tête.

Pourquoi cette attitude? Veut-elle simplement

retenir son chapeau? S'interroge-t-elle sur la marche à suivre? Quand nous sommes sur la jetée, près du phare rouge et blanc, elle tend une main vers l'horizon et dit:
— Tiens, un bateau, là-bas... et puis un autre.

La main tendue se déplace à peine. Ma femme est heureuse. De temps en temps, quand elle me fait signe, je dégaine le kodak pour un cliché, et nous le placarderons à la suite des autres, dans l'album.
— Tiens, il y a deux bateaux de plus que l'année dernière, dira ma femme.
Nous voyons au passage les pêcheurs à la ligne et leur minutieuse organisation, leurs boîtes percées,

leurs bambous du Japon. Une ou deux fois par jour, un d'entre eux capture un petit mulet. C'est un exploit. Au milieu de l'étonnement général, et de la consternation de quelques-uns, le lauréat sourit, très ému, rougit, modeste. Il glisse sa prise dans une de ses petites boîtes, si mystérieuses, et redevient statue de sel le plus vite possible.

Brahmanes pétrifiés, rêveurs incorrigibles, ils ont la tête et le corps dans un ciré noir. Qu'il pleuve ou qu'il vente, ils sont là, au milieu de leurs petites boîtes, louchant sur un bouchon danseur. Ils ont les pieds bottés, et peut-être ces bottes, comme celles du conte, les emportent-elles, dans leurs rêves, à des lieues et des lieues de là, au pays des pêches miraculeuses.

– Quelle patience ! dit ma femme.

Et nous repartons. Je marche docilement à mon pas, c'est-à-dire à trois mètres environ derrière ma femme. Le long de la jetée nous croisons et saluons quelques groupes de promeneurs.

– Ah ! S'il n'y avait pas ce vent ! leur dit ma femme.

Près des rochers noirs, de l'autre côté de la plage, ma femme, sa robe retroussée jusqu'aux genoux, s'affaisse tous les quatre pas, s'écrie :

– Oh ! Un coquillage ! Il est ravissant. Vois...

Elle me le tend. Je le saisis. J'écoute un instant le bruit de la mer (à quoi bon ? Le vrai est si proche...), puis je le rejette à l'eau.

Que trouver au bord de la mer sinon des coquilles ? Si seulement, quelque jour, à la place de l'arapède ou du bigorneau, je voyais, couchée sur la grève, la bouteille d'un naufragé...

Dans une eau glauque, chaussés d'espadrilles spéciales, clapotent les pêcheurs de crevettes, silencieux et jaloux. Futiles travailleurs de la mer basse, effarouchés par une langue de varech qui s'enroule autour de leurs chevilles, ils passent au crible les replis secrets de la roche, sur la piste des insaisissables bestioles. Et quand la pêche est terminée, ils voient qu'ils n'ont pas assez de crevettes pour décemment les présenter sur une table et abandonnent à l'océan leur butin inutile.

La pêche à la crevette est un amusement sérieux, capable d'inspirer les plus folles passions. C'est aussi

un sport complet, qui développe le corps et fortifie l'âme. Il demande le courage d'affronter le crabe, la vue perçante du savoyard, le réflexe rapide du collectionneur de coléoptères, le sens de la magnanimité, de la concurrence, l'humilité nécessaire, enfin. Certains, qui ne savent pas se maîtriser, se laissent aller à des mouvement de rancœur. Mais ce sont pour la plupart des novices. A la longue, quand on l'a pratiquée pendant trente ans avec la même foi et le même bonheur, la pêche à la crevette apaise les nerfs, j'en suis sûr.

Quand les pêcheurs sortent de l'eau, secouant leurs sandales, nous rentrons à l'hôtel par le plus court chemin.

– Nous sommes en retard, dit ma femme.
– Mais non.
– Que tu dis !

Trois minutes après notre arrivée sonne la cloche du repas. Nous passons à table. Et, l'après-midi, nous recommençons.

Le soir, après le dîner, nous ressortons quelquefois. Ma femme endosse un boléro de laine. J'enroule une écharpe autour de mon cou. Très lentement, l'un derrière l'autre, nous parcourons à pas de loup les mêmes lieux. Mais à cette heure tardive et un peu inquiétante où le vent se calme, où l'on entend enfin la mer, nous n'osons jamais nous aventurer près des rochers noirs où sommeillent en paix les crevettes. Un simple va-et-vient devant l'hôtel, et nous regagnons notre chambre.

Il m'arrive de me comparer à un toutou tenu en laisse. Mais je crois que je suis plutôt une plante, une branche fatiguée et ballottée de-ci de-là. Je ne fais ni ce que je voudrais, ni ce que je ne voudrais pas faire. J'existe à peine. Je n'y suis pour personne.

Et je sens toutefois que je ne pourrais pas me passer de cette plage, de ces gens qui m'entourent et me lassent parce qu'ils me ressemblent, de cette mer que je n'aime pas et à qui je ne confie jamais mes vieux membres, sinon du bout des pieds, aux jours de canicule.

Il est trop tard pour m'éloigner d'ici, et cette habitude, quand même, me donne une certaine joie, joie d'être toujours sur le qui-vive, épiant les uns et les autres, en quête d'un événement surprenant, d'un personnage farfelu.

Comme monsieur Hulot.

Ah! Parlons-en un peu.

C'est un drôle de pistolet, croyez-moi, et si nous n'y mettons un frein, il nous en fera voir de vertes.

Monsieur Ménard l'a relégué sous les toits de l'hôtel, dans une chambre mansardée, et tous les matins apparaît à la lucarne son visage rond, tout embarbouillé de savon. Il n'a ni l'eau courante, qui n'a pas la force de monter là-haut, ni l'écoulement, mais une cuvette et un broc. Aussi, chaque jour, sa toilette accomplie, vide-t-il consciencieusement l'écume et l'eau dans la gouttière, ce qui provoque dans la rue des cataractes imprévisibles.

Un coup de vent, d'abord, puis une gouttière

crachant l'eau sous un ciel sec: voilà monsieur Hulot.

Il est au demeurant d'une immense politesse. Il s'efforce de lier connaissance avec nous, il nous rend service, il s'efface, mais nous le boudons, car il nous effraie, lui dont la seule ambition est de se faire admettre dans notre cercle.

Sa conduite est bizarre.

Hier matin, par exemple.

Une matinée comme toutes les autres. Temps incertain, baromètre au *variable,* nuages gris poussés par une forte brise marine. Les laisses de varech abandonnées par la marée dessinaient des rubans noirs sur le sable. Champignons bariolés, les parasols s'ouvraient l'un après l'autre. La toile des tentes se gonflait et se vidait comme une poitrine qui respire.

– Le fond de l'air est frais, disait ma femme qui marchait devant moi.

– En effet.

Cette notion de fond de l'air m'a toujours amusé. J'aime que l'air ait des hauts et des bas.

Denis, un gosse, s'amusait à brûler avec une forte loupe, quand le soleil le lui permettait, la toile des tentes ou le ventre des assoupis, qui se réveillaient en sursaut. Pierre, un jeune homme bronzé (par quel miracle?) parcourait la plage au pas de gymnastique, lançant les bras, levant les genoux, inspirant, expirant, une-deux, une-deux. Du matin au soir, et par tous les temps, c'est la même chose. Il passe entre les groupes en sautillant. Flexions, élongations, tiraillements, petite foulée, une-deux-trois, une-deux.

Pierre est un athlète.

Un athlète qui, je crois, malgré ses œillères, a déjà remarqué Martine. Il se gonfle en passant devant elle, ou sous ses fenêtres. Il tend son dos, cambre sa taille.

Mais des fenêtres entrouvertes ne tombe qu'une rengaine lente qui demande avec insistance le temps qu'il fait à Paris. Martine écoute ce disque. Peut-être regarde-t-elle en catimini, par un coin de rideau soulevé, le jeune paon qui fait la roue pour elle. Peut-être...

Deux hommes repeignaient un bateau de pêche qu'ils avaient tiré en cale sèche sur un assemblage de morceaux de bois. L'un des deux peintres était monsieur Fred, un client de l'hôtel, petit homme boudiné dans un tricot rayé. Espadrilles blanches et casquette, l'uniforme.

Monsieur Fred peinturlurait donc la coque avec conviction, le pot dans une main, le pinceau dans l'autre. Le deuxième peintre était suspendu à une planche attachée au flanc de l'esquif. Il semblait très préoccupé, lui aussi.

– Oh! dit ma femme. Tu as vu le joli bateau? On dirait un oiseau sans ses ailes.

Et soudain, alors que nous arrivions près du chantier, je vis le bateau bouger, glisser, j'entendis le câble d'un treuil se dévider à toute vitesse. Ahuri, monsieur Fred regardait le bateau, son bateau, s'ébranler, descendre rapidement le long des glissières et gagner la mer, où il parvint dans une gerbe d'eau. Monsieur Fred ne comprenait pas. Le second peintre, qui ne s'était douté de rien, se retrouva tout à coup les pieds dans la mer et appela au secours.

C'était complet. Il ne manquait que le baptême, la bouteille de champagne fracassée contre la coque et le discours du conseiller général.

Quant à la peinture, tout était à refaire, comme on s'en doute.

Un murmure de stupéfaction courait sur la plage. Quelques-uns avaient vu la chose. D'autres l'entendaient raconter. Cet accident, qui prenait déjà l'importance d'une catastrophe, était vraiment extraordinaire.

On avait délibérément libéré le treuil qui retenait le bateau.

Mais qui avait osé?

– Quelque gosse insupportable, pensai-je. Denis, peut-être.

Denis est ce jeune galopin qui brûle avec une loupe le ventre des dormeurs. Il était parfaitement capable d'avoir détaché le câble. Je l'avais vu rôder dans le coin quelques instants plus tôt.

En cherchant du regard Denis, j'aperçus l'inénarrable monsieur Hulot. Monsieur Fred l'aperçut en même temps que moi.

Monsieur Hulot sortait du bain, sanglé dans un maillot à bretelles. Des gouttelettes d'eau de mer brillaient sur sa peau et il avait la chair de poule. Adossé à un piquet, une serviette-éponge à la main, il contemplait comme tout le monde le bateau qui flottait à la dérive près du rivage, le treuil déroulé, les gens stupéfaits, et monsieur Fred qui rentrait sa fureur en tournant mécaniquement son pinceau dans son pot de peinture.

Leurs regards se croisèrent. Le peintre soupçonnait Hulot. Hulot saisit ces soupçons.

Après tout, peut-être était-il coupable de cet incident ridicule. Nous connaissons à peine cet énergumène obséquieux. N'est-ce pas un farceur qui cache son jeu sous de belles, de trop belles manières ?

Quelque chose, une impression tout à fait intime, me rassurait pourtant. Je sentais confusément que monsieur Hulot n'avait pas lâché le treuil, sinon peut-être par maladresse. Pourquoi avais-je ce sentiment ? Je n'aurais pas pu le dire. Mais c'était ainsi.

Pensif, donc, les sourcils froncés, la bouche tordue, monsieur Fred regardait Hulot. Celui-ci, troublé par cet œil noir qui l'accusait, saisit sa serviette-éponge, un coin dans chaque main, et voulut se frotter le dos, parce qu'il était mouillé, bien entendu, mais aussi, et surtout, pour se donner une contenance.

Monsieur Fred ne le quittait pas des yeux.

On vit alors une bien curieuse pantomime.

Hulot mit la serviette en branle. Hélas, le piquet se trouva pris entre sa peau et cette serviette. Affolé par la menace que faisait peser sur lui le regard en dessous du peintre, Hulot perdit le contrôle de ses actes.

Avec une belle vigueur il frottait le piquet, croyant frotter son dos, de droite à gauche, puis de gauche à droite, en haut, en bas, des omoplates aux reins, sur les hanches, partout. Les genoux légèrement fléchis, il s'appliquait à la tâche, et sur son visage apparaissaient peu à peu les signes d'un réel bien-être.

Il sifflotait presque.

Monsieur Fred n'en revenait pas. Le pinceau, dans sa main, ralentit, ralentit, et cessa complètement de tourner. Monsieur Fred n'avait jamais vu chose semblable. Et moi non plus, d'ailleurs. Un homme, devant nous, astiquait un poteau solitaire avec la dernière énergie.

Un fou ? Allons donc !

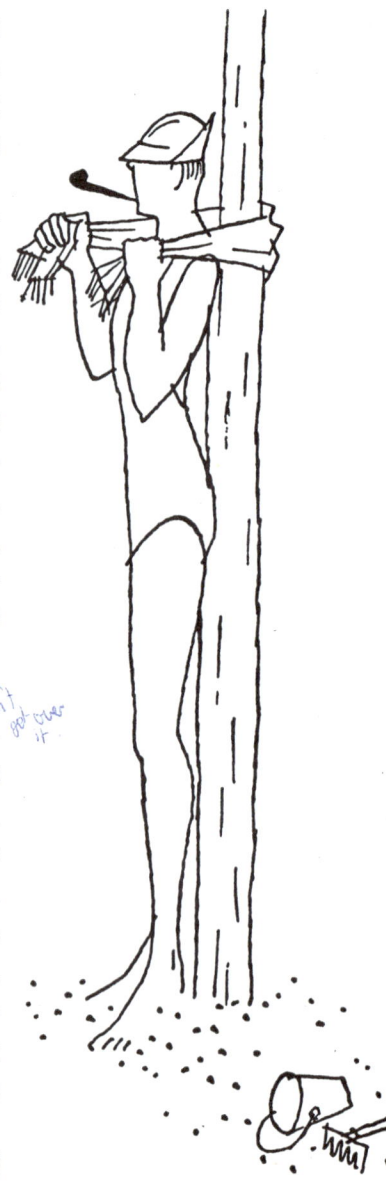

Pour le peintre, aucun doute ne subsistait: Hulot était bel et bien coupable. Son comportement constituait la meilleure des preuves. Il agissait comme ces enfants qui parlent d'autre chose pour dissimuler une sottise.

Le deuxième peintre, sorti de l'eau, le bas du pantalon humide, rejoignit monsieur Fred, qui lui désigna la scène sans mot dire. Pris de panique en face de ces deux paires d'yeux qui le scrutaient jusqu'au tréfonds de lui-même, Hulot redoubla de zèle. La serviette essuyait le piquet à une vitesse vertigineuse.

— Ouhou! cria ma femme, de loin. Que fais-tu?
— Je viens, je viens.

Il le fallait, à mon grand regret. Je ne suis pas de ces gens qu'on appelle deux fois.

Je m'éloignai à pas lents. Pierre, notre jeune athlète, passait en trottinant par là. Une-deux-trois, une-deux. Il ne voyait rien. Il ne pensait qu'à ses jarrets, qu'il fallait souples, qu'à ses chevilles, nécessairement déliées, qu'à ses bras qu'il devait décontracter au maximum, qu'à la régularité indispensable de sa respiration nasale.

Lorsqu'il parvint à la hauteur du piquet, Hulot lui emboîta le pas et partit, coudes au corps, les narines béantes, les genoux hauts, imitant tous les mouvements du gymnaste.

Mais il n'alla pas loin. A la première rangée de cabines je le vis bifurquer sur la droite et se faufiler prestement entre les parasols. Il prit ses jambes à son cou et j'entendis décroître le bruit de sa course qui soulevait un petit nuage de poussière, là-bas.

Il aggravait son cas par un délit de fuite.

Mais tel est cet homme. Un grand diable poli, froussard, sans doute inoffensif.

Nous étions assis depuis trois minutes de part et d'autre de notre table, dans la salle à manger de l'*Hôtel de la Plage,* quand la cloche sonna. Devant nous, mon flacon de gouttes, nos serviettes nouées autour du goulot de la bouteille de vin rouge, laquelle dure une semaine.

Routine de ces repas de vacances. Entrée des clients à la queue leu leu. Ils prennent place avec force courbettes, sourires raides et salutations empressées, toutes sortes de prévenances.

– La mer était bonne ?
– Un peu fraîche.
– Et puis ce vent...

– On ne peut pas dire que l'eau est froide, mais c'est en sortant...
– Moi j'ai faim.
– Que dit le menu?

Le repas commence, comme tous les repas, avec l'arrivée des hors-d'œuvre, tomates et persil. Petits cris de soulagement et de joie. Serviettes qui se déplient comme des chrysalides décevantes. Allées et venues du garçon somnambule et grognon. Tintements des couverts et des verres. Voix du commandant qui parle; voix basse, car le repas se traite un peu comme un complot, sans éclat. A la radio, une musique douce précède les informations. Et l'inévitable :

– Monsieur Smutte ! Té... Téléphone !

Un merlan paraît, flanqué de deux rondelles de citron, puis viennent des escalopes à la crème, néfastes à mon foie. Je demande une bouteille de vichy.

Les deux peintres, très en retard, pénètrent dans la salle à manger. L'un d'eux a changé de pantalon.

Aussitôt, Hulot plonge le nez dans son assiette. Les deux autres l'ont aperçu. Ils le montrent du menton et s'installent à leur table à tâtons, sans le perdre du regard. Hulot, pris au dépourvu, cherche le salut dans la salière et la moutardière qu'il saisit, qu'il secoue, qu'il remet en place ; manège rapide et confus qui sème le désarroi dans l'âme de son voisin, à qui la manche de Hulot vient essuyer les lèvres...

Sans baisser les yeux, les deux peintres attaquent leurs tomates.

22 JUILLET

Nous nous habituons mal à ce cyclone. Il nous bouleverse. Hulot est l'homme de toutes les frasques, de toutes les gaffes. Il dit «Bonjour, monsieur» à madame Fred et baise la main des messieurs. Il passe, devant la porte de l'hôtel, de longues minutes à observer, en trépignant, le long rouleau de pâte de guimauve qui pend à la charrette du marchand de glaces. La guimauve s'étire, s'étire, se déroule. Hulot se penche, se balance. Son pied frétille. Sa jambe tremble. La pâte molle tombera-t-elle ? Elle descend encore. Elle frôle la poussière. Elle va s'écraser dans le sable. Hulot n'y tient plus. Il s'élance... à la seconde même où le marchand rattrape sa guimauve.

Puis tout recommence. Cela pourrait durer pendant des heures.

Guimauve menacée, mais toujours intacte, qui me rappelle ces jours de vacances fragiles.

Venu avec l'idée bien arrêtée de s'amuser, Hulot court à toutes les distractions possibles, au bain, au tennis où, dit-on, il s'est ridiculisé, à la pêche, au bateau. C'est un original, disent les gens qu'il imite, un esbroufeur, un lunatique, un empêcheur de s'ennuyer en rond. Sa guimbarde passe en rugissant dans nos rues paisibles qui s'ouvrent devant elle. Hulot nous choque, comme le ferait un mystérieux étranger peu au courant de nos coutumes, ou mieux encore l'habitant d'une autre planète. Nous ne pouvons nous reconnaître en lui, ni lui en nous, malgré ses efforts. Seuls des enfants se plaisent à le suivre, Régis Smutte par exemple, un jeune blondinet.

Des enfants, et aussi une Anglaise d'un certain âge, joviale et amie des sports, jupe blanche et casquette sur l'œil, qui tente de se lier d'amitié avec lui, car il l'amuse. Elle le recherche partout.

Mais si monsieur Hulot passe entre nous sans s'apercevoir des inimitiés qu'il suscite, il est pareillement aveugle à propos des sympathies qu'on lui porte. Hulot est seul au monde. L'Anglaise a beau faire: elle ne parvient pas à capturer ce regard absent, à dérider ce visage rond, à faire pencher vers elle cette pipe libre.

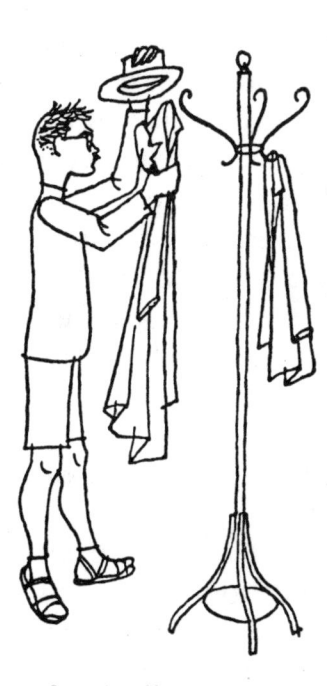

Distrait? Cela va de soi.

Quand un client dépose son chapeau sur le portemanteau, dans le hall, Hulot répond à ce qu'il prend pour un salut. Quand un pêcheur bavard, Tartarin de l'Océan bardé dans un attirail gigantesque, raconte ses prises redoutables, Hulot l'écoute en opinant du chef. Il ne songe pas un instant à jeter un regard dans la musette en osier où se tordent encore deux carpillons minables. Quand une dame lui sourit au passage (la coquette sourit à tout le monde), Hulot lui répond et garde ce sourire sur les lèvres jusqu'à la glace prochaine, pour juger de l'effet. Devant la glace sa bouche se tord, le sourire qu'il essaie se transforme peu à peu en une grimace enfantine. Près de lui, le gardien fasciné par cette mimique sourit et grimace à son tour. Il imite sans le vouloir tous les gestes de Hulot et quand celui-ci s'en va, le garçon oublie qu'il tient à la main un verre de bière, veut regarder l'heure à son bracelet-montre, et renverse la bière dans le col du Brésilien, qui se trouvait là.

Une fois de plus, c'est la faute à ce fléau, à cette peste de Hulot.

Mais disons-le : ce qui nous heurte surtout, c'est, au milieu de toutes les attentions, de tous les respects qu'il nous porte (je suis sûr qu'il soulève son chapeau au moins une centaine de fois par jour), cette indépendance absolue et irréfléchie que nous devinons dans tous ses gestes. En fait, il se moque peut-être de nous.

Et pourtant, comme il aime rendre service, en dépit de son immense maladresse naturelle !

Ainsi hier après-midi, quand arriva la tante de Martine, une personne très comme il faut, aux cheveux courts et gris bien coiffés. Hulot se trouvait là par hasard quand elle descendit du car.

Un petit coup de chapeau et le voilà qui se précipite sur les bagages de la dame, les empile, les soulève, escalade les marches du perron.

– Ah ! Ma petite Martine, quel voyage ! disait la tante. Une demi-heure d'attente à Laval, pas de wagon-restaurant, des gens qui vous marchent sur les pieds et une chaleur épouvantable. Avec cela, bien entendu, pas une goutte d'eau minérale...

Cependant, parvenu à la dernière marche, Hulot, aveuglé par sa charge, n'aperçoit pas une mallette posée là. Il trébuche, il perd l'équilibre, il part en courant pour la rattraper, traverse en courant le jardin, s'étale dans les plates-bandes, revient en toute hâte présenter ses excuses et les bagages qu'il a pu rassembler. La tante commençait à s'inquiéter. Où donc étaient passées ses valises ?

– C'est très aimable à vous, monsieur, je vous remercie.

Hulot fait des ronds de jambe et, en lui baisant la main, chatouille le nez de la tante avec une longue ronce qui s'est accrochée dans son dos.

Après un dernier coup de chapeau, Hulot se rua dans sa pétrolette et repartit pleins gaz. Je veux dire par là que le moteur brusquement sollicité toussota, que l'échappement explosa, que la capote tressaillit, et qu'un passant compatissant dut aussitôt pousser le véhicule.

Hulot se démène comme une souris dans une ruche. On ne peut le classer nulle part. Je le vois aussi bien grand banquier que garçon coiffeur. Et pour des vacances, il prend des vacances, l'animal.

Mais n'est-il pas toujours en vacances, même ailleurs, n'importe où, avec ses longues jambes et cet œil rond qui regarde tout, mais qui ne voit rien ?

Hier soir encore. Affreux sans-gêne...

Aimez-vous les soirées d'hôtel ? Un crachin froid tombe sur la mer, dans la nuit, et le vent secoue les stores qui claquent. Ouvrir la porte est un risque que personne n'ose courir. On se calfeutre en murmurant, on se réunit, comme des animaux qui se tiennent chaud dans la paille. A ce moment-là, surtout, les estivants se demandent anxieusement ce qu'ils font dans cette galère échouée.

Hier soir donc, vers neuf heures et demie, l'Anglaise, en chaussinettes blanches, pénétra dans le hall. Elle cherchait à se distraire.

Mais il n'y avait rien à tirer de nous. Les joueurs de cartes ne levèrent pas les yeux qu'ils avaient braqués sur le mort étalé. Incliné sur le marbre de son comptoir, monsieur Ménard bâilla. L'Anglaise, avec une moue peu flatteuse pour nous, ressortit. Un courant d'air glacial avait baigné nos membres.

Comme l'Anglaise refermait la porte, le vacarme éclata tout à coup. Cela provenait d'un petit salon dont la porte était fermée, et ce charivari ressemblait à de la musique. Et quelle musique! Imaginez un coup de cymbale dans un cimetière, à minuit. Une trompette égosillée, des cris, une clarinette folle, du jazz, je crois.

Et le phono hurlait.

Ceux qui, en demi-cercle, écoutaient pieusement la tragédie très régulière, sursautèrent et se levèrent. L'intellectuel blêmit. Monsieur Smutte regarda, par-dessus ses lunettes, vers le salon, tandis que la vieille dame renversait quelques gouttes de tisane froide. L'Anglaise rouvrit la porte, le visage radieux, et esquissa quelques pas de cette danse qu'on appelle, il me semble, le jitterburg.

La musique nous envahissait, déchaînée, nous assourdissait.

Plusieurs clients, parmi lesquels le commandant, se dirigèrent vers le petit salon comme s'ils partaient à l'assaut d'un fortin redoutable, poussèrent la porte sous les ordres brefs de l'officier, et nous vîmes à cet instant Hulot imperturbable, pipe aux dents, assis près d'une petite table où fonçait en rugissant son disque favori.

Du jazz! Cette musique de sauvages!

D'un geste sec de la canne, le commandant, qui devant l'absence évidente de danger s'était enfin porté au premier rang, coupa l'interrupteur, geste qui éteignit le plafonnier et le tourne-disque. La musique décrut, cafouilla, s'arrêta.

Le calme était sauf.

– Ah, ah! Vous avez vu? me dit le commandant en s'asseyant auprès de moi, les jambes croisées. Je lui ai cloué le bec, hein? Et plus vite que ça!

L'officier brûlait d'envie de me raconter quelque chose. Je le mis sur la piste:

– Il paraît qu'au tennis...

– Ah, parlons-en! Une mazette, mon cher monsieur, une lamentable mazette! Vous n'étiez pas là? Non? Dommage... Vous auriez assisté à une belle déconfiture. Oh, je n'ai plus le souffle de mes vingt ans, bien sûr, mais le sens de la place, et la technique, monsieur, la technique! Le coup droit, le revers, la feinte... hop! Et hop!

Ses mains sèches virevoltaient de tous côtés.

– Figurez-vous que ce monsieur... Comment déjà? Ah! oui, Hulot, figurez-vous qu'il a pénétré sur le court tel un matamore, vous voyez ça, le nez en l'air, la jambe agressive, comme s'il voulait tout casser! Peuh... ajouta le commandant avec un méprisant haussement d'épaulettes. Je lui ai mis le holà, à ce gandin, oui, monsieur! J'ai beau avoir mon âge, je suis encore l'homme à battre! N'oubliez pas, je vous prie, que je parvins jadis à la finale des championnats militaires de la quatrième division, eh oui! Ça vous étonne?

– Non, non...

– Aussi, lorsque je vis monsieur... comment dites-vous? Ah! Oui, monsieur Hulot pénétrer sur le court comme un foudre de guerre, hé, hé, me dis-je, *in petto,* comprenez-moi bien, hé, hé, à nous deux, mon gaillard! Nous allons voir ce que nous allons voir! Mine de rien, très souple, je me mets derrière la ligne... et pan! Et pan! Une balle, deux balles, quinze-zéro, trente-zéro, quarante-zéro, pfui!... Un premier jeu! Et je continue! Ah! Bougre, si vous aviez vu l'énergumène, en face: il n'en menait pas large, allez! Il ne savait plus où donner de la raquette! Complètement noyé! Ceci soit dit sans me vanter, mon cher monsieur, il ne m'a renvoyé que des balles perdues. Une d'elles... oh! Ecoutez-moi ça, ça vaut dix! Une des balles de ce monsieur Hulot a sauté par-dessus le grillage, vous vous rendez compte, pour tomber dans le jardin du presbytère, qui se trouve à côté, vous voyez? Et dans le jardin, monsieur le curé piquait une petite sieste sur un banc, ah, ah!

Le commandant desserra son col afin de rire à l'aise.

– Ah, ah, ah!... Hulot courut dans le jardin pour rechercher la balle, suivez-moi bien (le commandant baissa la voix), et mit en branle, en poussant une porte, une clochette, vous savez, une petite clochette, comme celle d'un enfant de chœur à la messe, dring, dring... Ah! Ah! Alors... (un regard à droite, à gauche: non, on ne nous écoute pas)... alors la clochette éveille en sursaut monsieur le curé, il se croit sans doute à l'office, l'habitude, n'est-ce pas? et nous entendons une voix tremblotante qui chante? *Oremus, Domine...* Oh! Oh! Oh! Chut! Pas un mot sur tout ceci. Je ne vous ai rien dit.

Quelqu'un s'approchait de nous.

– Quant à Hulot, mon cher monsieur, reprit le commandant très sérieux, qu'on ne me dise pas qu'il venait là pour apprendre à jouer. C'est faux! Il arrivait avec un air glorieux pour emporter la palme! Ah, je lui ai bien montré la sortie, à ce bleu! Et qu'il y revienne, s'il l'ose!

Battu au tennis, brimé pour la musique, pauvre

Hulot. Il erra quelque temps parmi nous, les bras le long du corps, penché en avant. Ainsi penché, mais raide, il paraît un défi aux lois de la pesanteur et de la matière.

Près de la porte, une jeune campeuse, qui venait de remplir de café sa bouteille Thermos, s'affairait autour d'un sac tyrolien plus gros qu'elle. Une seconde demoiselle survint, d'âge mûr, au visage martial, lunettes, un brin de moustache, et lança un coup de sifflet catégorique. La jeune campeuse attrapa son sac, qui lui glissa des mains. Galant homme, Hulot se précipita, saisit le sac, le chargea sur ses épaules et sortit à la suite de la jeune fille.

Dans le hall, on ne dit rien.

Mais on n'en pensait pas moins.

Ce fut un beau chahut, cette nuit, vers deux ou trois heures, quand Hulot revint à l'hôtel. Il nous réveilla tous, bien entendu. Les lumières des chambres s'allumèrent une après l'autre. Que se passait-il ? Pourquoi ce tapage ? Hulot rentrait, tout simplement.

Ce matin, les gens de l'hôtel racontaient d'étranges choses, avec des airs contrits. Hulot avait terminé sa soirée là-haut, sur la falaise, sous la tente des campeurs. On le fit boire, on le fit chanter, danser peut-être. Il poussa des cris de Sioux, sacrifia à des coutumes bizarres (c'est monsieur Fred qui a raconté tout cela) et rentra fort tard à l'hôtel, extrêmement fatigué et sentant le vin à plusieurs mètres.

Mais allez donc vous faire une opinion!

*
* *

On peut s'attendre à tout de lui. Cet homme jette dans nos murs une perturbation insensée et je dois avouer que, malgré la réprobation publique que je lui donne, je ne crois pas éprouver à son égard les sentiments de répulsion qu'il inspire à la plupart d'entre nous. Hulot commence même à m'amuser.

Je souhaite que cela dure.

Mais ne le répétez pas.

En temps normal, comprenez-vous, nous n'avons que peu de nouveautés pour nous distraire. On ne peut pas regarder défiler les automobiles pendant plus d'une heure, une heure et demie par jour. Les voitures se ressemblent toutes et, on a beau dire, les accidents sont tout de même extrêmement rares. Pour bien faire, il faudrait aller sur la grand-route, et se poster à un carrefour dangereux. Mais c'est loin.

Il y a la plage, évidemment, mais aussi le sable, la foule, le vent, les enfants qui passent à toute allure entre vos jambes. Les pâtés de sable ne m'ont jamais intéressé et il est bien tard, maintenant. Les jolies baigneuses, au demeurant très clairsemées, ne sont plus de mon âge. Je ne pratique pas le ski nautique, et pas même le pédalo. A la ligne, je ne puis ferrer une ablette.

Alors?

Que me reste-t-il?

Les promenades, c'est entendu, les petits cancans, les amours des autres, Martine et les soupirants qui tournent autour d'elle, Pierre et, il me semble, l'intellectuel.

La vie à l'hôtel m'occupe un peu, les ragots, les rivalités, la cour bavarde du Brésilien, les départs et les arrivées. Un couple d'Anglais grossit nos rangs depuis ce matin. Présentations. Des mains qu'on serre. Les signes et les mots échangés sur le temps qu'il fait. On apprend avec soulagement qu'il a grêlé sur les Cornouailles.

Et c'est tout. L'idée seule de me baigner me fait frissonner de terreur. Je ne joue pas au golf, même miniature. Je ne fume pas, je ne bois pas, sinon des gouttes, j'ai peu de vices. La belote conserve à mes yeux le prestige de l'inconnu.

Il me reste Hulot, Dieu merci.

*
* *

Il avait, ce matin, brusquement décidé de faire un peu de canoë. Après tout, pourquoi pas?

Nous le vîmes quitter l'hôtel de bonne heure. Il traversa le hall au pas de charge, les bras chargés de pagaies, de son canoë démontable, d'un petit siège en bois, d'un pot de peinture et d'un pinceau, car il fallait repeindre les montants de l'esquif. Il se dirigea vers la plage, et dans le lointain retentissait la voix de l'Anglaise criant:

– Mister Hulo-o-o-o!...

Mais en vain. Hulot n'entendait rien. Il allait d'un pas ferme où les vacances l'appelaient.

Sur la plage, dans la solitude matinale, une douzaine de personnes, sous la direction d'un moniteur blasé, se dérouillaient les muscles et se donnaient un peu de mouvement. Cellulite tremblotante, graisse têtue, bedaine piriforme de monsieur Fred, soupirs, efforts, tendons qui craquent.

– Attention! cria le moniteur. Station fendue écartée!

Les voilà tous sur un pied comme des flamants roses, le torse et les bras tendus en avant. Le pied qui porte tout le corps se tortille et se crispe dans le sable.

– Une... deux...

Hulot s'approche du moniteur. Il tient à la main quelques bouts de tube de son canoë et demande au moniteur comment ils s'emboîtent. Affable et compétent, le moniteur le renseigne.

– Vous faites comme ceci, comme cela...

Cependant, abandonnés à leur triste posture, les élèves fléchissent, oscillent. La sueur ruisselle. Une dame d'un certain âge serre les dents qu'elle a encore. Ils soufflent. Ils tremblent comme des feuilles dans le vent. Il faut tenir. Le moniteur les a oubliés.

Ils n'en peuvent plus, ils... Ça y est! Hulot est renseigné. Un petit coup de chapeau et il s'en va. Sifflet.

– Attention! Station fendue écartée!

Ouf! Je souffrais pour eux.

– Une... deux... inspirez... expirez...

Hulot s'en va, indifférent. Il n'a pas remarqué qu'il dérangeait une séance de gymnastique. Il ignore les malheurs qui jaillissent à jet continu sous ses pas. Lui si poli, si serviable, comment peut-il ne pas voir, quelquefois, d'autres présences que la sienne? Est-ce volontaire?

Maintenant, ses tubes sous le bras, il longe rapidement une rangée de cabines où se déshabillent des femmes. Un bras nu, un bout de peignoir: Martine se glisse dans une des baraques.

Hulot, le buste en avant, se dépêche. Au passage, il salue madame Dubreuilh qui, assise devant la cabine de sa nièce, préserve ses cheveux du vent et s'extasie docilement sur les beautés du paysage. Hulot dépasse la cabine, dont la porte se referme discrètement.

Et il tombe en arrêt.

Là, devant lui, sous ses yeux, quel abominable spectacle! Derrière la cabine dépasse le dos d'un homme baissé. Et cet homme, rigoureusement immobile, semble regarder, par une fente ou un petit trou, à l'intérieur de la cabine. Il épie Martine.

C'est honteux! Le sang chevaleresque de monsieur Hulot ne fait qu'un tour. Indigné, il prend son élan, lève son pied droit, frappe de toutes ses forces ces fesses tendues…

… les fesses de monsieur Smutte qui s'était penché pour prendre un cliché et réglait son cadrage.

Monsieur Smutte est un grand amateur de photographie. Il dispose à sa convenance des groupes de personnes, leur demande d'être naturels, et c'est à qui le sera le moins. On choisit son meilleur profil, on tend la jambe, parfois on fait des blagues, on se coiffe d'un sombrero. A ce moment-là, aussitôt que monsieur Smutte a prononcé le fatidique « Ne bougeons plus » et réclamé l'indispensable sourire, il est d'ordinaire appelé au téléphone et laisse tout son monde en panne.

Aujourd'hui, pas de téléphone.

Mais un vigoureux coup de pied.

Le Belge, qui a fait un bond, se redresse. Son honneur vient d'être outragé. Il doit agir.

Hulot, terrifié, reconnaît monsieur Smutte, qui a des muscles de farinier, et s'éloigne vite, vite, sans en demander davantage. Le kodak frémissant de fureur entre ses mains, monsieur Smutte cherche un coupable.

Et il le trouve.

Innocemment assis dans le sable, un homme, un vieil homme en marinière de toile, enlève son espadrille et s'essuie les pieds, les caresse, les tapote, comme s'il avait les orteils douloureux.

Après tout, il souffre peut-être d'une écharde ou d'un œil-de-perdrix. C'est bien son droit.

Mais monsieur Smutte ne veut pas le savoir. Il est fasciné par ce pied qu'on dorlote et qui, croit-il, vient de frapper. Il s'avance lentement vers l'homme, sans mot dire.

L'homme se lève et recule. Une cabine s'ouvre dans son dos. Il s'y réfugie sans attendre. Il se barricade. Il se fait petit. Il ne comprend pas, mais pas du tout, pourquoi ce gros monsieur aux lunettes d'écaille et à la chemisette Lacoste, pourquoi ce gros monsieur qu'il n'a jamais vu, qu'il ne connaît ni d'Ève ni d'Adam, le regarde aussi fixement, et sans tendresse, par le petit losange découpé dans la porte.

Je les laisse en tête à tête et je poursuis ma route. Ma femme a pris un peu d'avance. Il faut que je la rattrape, ou mon retard semblera louche.

J'abandonne l'incident en suspens, mais pour moi c'est souvent la même chose. Ne vous étonnez pas de l'allure un peu décousue de ce journal. Elle est un reflet de mon existence ambulante. Je ne vois que des bribes de scènes, que des fragments. Souvent les conclusions me manquent. J'ignore si monsieur Smutte attendra longtemps devant la cabine, et ce que fera l'homme au pied douloureux, s'il tentera une sortie. J'ai l'habitude de cette espèce d'incertitude et je dois me contenter de ce que j'aperçois, car je ne fais que passer. Ainsi, de la portière d'un train, on ne fait qu'entrevoir les pays qu'on traverse.

Là-bas, à l'extrémité de la plage, Hulot repeint son canoë. Il a posé sur la grève son pot de peinture et les vagues s'en amusent. Elles l'emportent, puis le rapportent. Il n'est jamais là où le cherche Hulot. Autour du canoë, le pot danse une ronde lente.

La mer moqueuse a trouvé son homme. Avec lui, elle peut jouer. Hulot ne voit pas que la mer le taquine et le guette. Il ne sent pas, derrière lui, cette présence infinie qui s'est faite, pour lui, toute petite, ce vieil et terrible océan qui, pour l'instant, silencieux, invisible, ne songe qu'à escamoter un pot de peinture.

Plus loin, en suivant ma femme, j'aperçois Martine, assise au bord de l'eau. Short assez court et pull-over décolleté. Un foulard dans les cheveux.

Rêveusement, elle laisse ses regards errer sur la mer agitée. Auprès d'elle, l'intellectuel pérore. Ah, le sacripant, qui cachait son jeu! Il parle, il parle:

– Ah! non! L'incohérence de la bourgeoisie éclate de façon catégorique!...

Sur l'océan, devant Martine, file un petit voilier que Pierre gouverne. Deux voiles triangulaires tendues à craquer. Penché sur l'eau, en arrière, pour faire contrepoids, l'athlète bombe son torse.

Le voilier s'éloigne. Martine le suit nonchalamment des yeux. Mais voici que surgit un troisième larron, Hulot lui-même qui, tout habillé, coiffé, pagaye solennellement à quelques brasses de la rive, raide dans son canoë. Martine le voit, sourit... Hulot l'amuse. Tant mieux. Elle le regarde se démener un peu contre les vagues.

Puis elle jette un regard sur sa montre, ramasse autour d'elle ses affaires de plage, sa serviette, son bonnet de bain, un sac, un magazine, et se lève. Son short découvre ses jambes fines et blanches. Le philosophe, qui parle encore, les yeux perdus, s'aperçoit du départ de Martine.
— Vous partez déjà?
Il paraît navré. Martine hoche la tête et continue. Le jeune homme, après un regard vers le large (mais le voilier rival a disparu), rassemble ses affaires et se lance à sa poursuite.

Un bruit sur la mer, comme une porte qu'on claque avec colère.

Je me retourne.

Hulot, l'infortuné... La mer lui fait une autre farce. Sa coquille de noix, pour une raison inconnue, vient brusquement de se plier en deux, comme un compas qui se referme. Les deux extrémités quittent la surface de l'eau et se rejoignent à la verticale. Hulot est enfermé dans cette boîte bizarre qui se couche lentement et retombe sur la mer. On dirait la mâchoire blanchie de quelque squale des abîmes prêt de s'échouer.

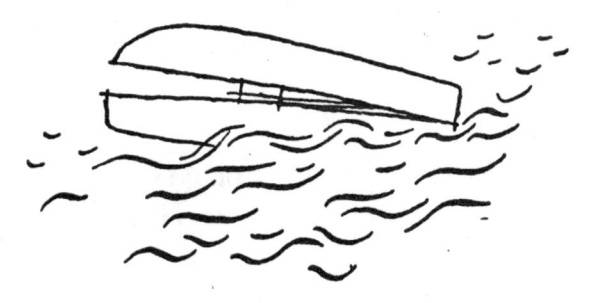

Sur les vagues coupables flottent à l'abandon une double pagaie, un petit siège en bois et un chapeau blanc. Monsieur Hulot n'a pas poussé un cri.

Cet homme m'aura procuré toutes les émotions désirables.

Des pêcheurs ricanent au bord de la plage. Le canoë refermé ballotte d'une vague à l'autre, et monsieur Hulot ne réapparaît pas. Un épisode, parmi d'autres, de son combat avec les choses.

Comme nous, les objets refusent de lui obéir, d'entrer dans son jeu. La matière qu'on prétend inerte, et qui se plie sous les mains des autres, résiste à Hulot. Celui-ci s'acharne sur elle et de cette lutte naissent d'étranges produits, l'étonnante pétrolette, par exemple. Elle tousse, elle bronche, elle a ses caprices et sa mauvaise tête, mais enfin elle marche. Elle est asservie, ou presque.

Hulot tente de façonner les choses à son image. On sent que d'une rencontre fortuite pourrait soudain jaillir un miracle.

– Alors? Tu viens?

Allons bon! Ma femme...

– Il est bientôt l'heure.
– J'arrive.
– Dépêche-toi!
– Voilà, voilà...

A l'approche du déjeuner, la plage se vide. Trempé des pieds à la tête, monsieur Hulot fonce en direction de l'hôtel. Il y arrivera avant nous, pour cacher sa honte.

Dans le hall, le commandant exulte. Il a déniché les deux Anglais et ne les lâche plus. Par malheur, les deux sujets de Sa Gracieuse Majesté comprennent difficilement notre langue. Qu'à cela ne tienne. Le commandant a fait la guerre aux côtés de nos fidèles alliés (parfois il dit: de nos ennemis héréditaires). Il possède quelques rudiments du fameux jargon de Shakespeare.

Il placera son épopée.

Mais que vois-je?

Sur le carrelage, des traces de pas humides... Qu'est-ce...?

Les traces s'arrêtent à la hauteur du portemanteau, près duquel se tiennent le commandant et son auditoire.

Et sous le portemanteau... les deux pieds de monsieur Hulot.

Il est caché là !

Me voici devenu son complice. Une chance ! Hulot, qui a souillé le pavé, au sortir de son bain forcé, craint le courroux de monsieur Ménard. Il est là, tout près, invisible ou presque, retenant son souffle. Deux pieds et le bout d'une pagaie, c'est tout ce qu'on voit de lui. Fasse le ciel qu'on ne le découvre pas ! On joue aux gendarmes et aux voleurs. Épatant...

Des clients rentrent. Certains déposent leurs chapeaux.

Le commandant maintient l'Anglais par une manche.

– A cette époque, lui dit-il, j'étais officier, you understand ? Les Ardennes... you know les Ardennes ? Very dangerous secteur, vous vous rappelez, n'est-ce pas ?

L'Anglais approuve. Il arbore un veston rayé de mauve et de jaune, avec un écusson, et au-dessous un short de couleur blanche qui dissimule adroitement le sommet des genoux. La femme, nantie d'un chapeau indistinct, est chaussée, car elle a le sens de la famille, des mêmes souliers plats que son époux.

Au loin, la salle à manger s'agite.

– Well, dit le commandant, I don't know si vous connaissez les Ardennes en temps de guerre, mais voyez-vous, my dear friend, on ne s'y promène pas aussi facilement que sur les Champs-Elysées...

En disant ces mots, il a relevé le bas de son pantalon. Monsieur Ménard suit du regard les gestes du commandant... et ça y est! Monsieur Ménard voit les traces de pas. Il s'approche. Son regard se pose sur le commandant, suspect numéro un. Les deux Anglais contemplent l'officier qui gesticule obscurément devant eux. Monsieur Ménard, les mains derrière le dos, tourne autour de lui.

– Le général, un bon ami à moi, a good friend, me dit...

Mais la cloche sonne. A plus tard les paroles du général.

– Ah, ah! dit le commandant.

Salut, talons qui claquent: il laisse les deux Anglais éberlués et se dirige au pas de parade vers la salle à manger.

Monsieur Ménard, qui le suit des yeux, s'aperçoit alors que les souliers du commandant sont sans reproche. Il se retourne, désappointé.

Un frémissement a parcouru le portemanteau. Le sourcil soupçonneux, le patron farfouille un instant l'amas de vêtements et de chapeaux. J'ai un peu peur. C'est délicieux.

Monsieur Ménard ne trouve rien. Mais sur les pavés s'enfuient de nouvelles traces, vers l'escalier qui monte aux chambres. Adroitement, Hulot s'est éclipsé. Au revoir, monsieur Ménard! Vous ne prouverez rien contre lui!

Rien? Hélas! La pagaie, la pagaie dégringole le long des marches. La voilà, la preuve accablante!

Monsieur Ménard a l'œil furieux.

Tout cela me rappelle quelque partie de cache-cache, au vieux temps. Je gagne ma place en me frottant les mains.

– Qu'est-ce qui te prend? demande ma femme.
– Mais rien, ma chérie.

Les clients s'installent et se saluent, parlent de la vitesse du vent, de la finesse du sable. Ils s'intéressent tous aux dernières nouvelles de Paris.

Tous, sauf moi.

Au menu, du saucisson au beurre, une omelette et du bœuf bourguignon, des spécialités de la mer comme on le voit. Je compte méticuleusement mes gouttes au fond d'un verre.

— J'ai faim, dit quelqu'un à voix haute.

Monsieur Ménard, très énervé par son pavé mouillé, lui lance un sévère regard. Alors, comme ça, on a faim, maintenant ? Mais aussi, pourquoi se baigne-t-on ? Est-ce que monsieur Ménard se baigne, lui ? Et pourquoi se promène-t-on ? Ne serait-il pas plus sage de rester douillettement à l'hôtel, avec des apéritifs et des tisanes, au lieu de courir au grand vent des dunes ? Le bridge, qui fourre des cendres partout, a ceci de bon, au moins, qu'il n'aiguise pas l'appétit.

— Si seulement, pense monsieur Ménard, il pouvait pleuvoir sans arrêt...

Le garçon qui grommelle apporte les premières omelettes et la porte de l'office gémit. Hulot n'est pas encore là. Mais dans quelques instants il viendra prendre place à table et rien, sur son visage, ne montrera qu'il est coupable. Peut-être regardera-t-il, un peu choqué, le pavé sale.

— Fais attention à ton foie, dit ma femme. Les œufs, ce n'est pas très bon pour toi, tu le sais. Les viandes en sauce non plus, d'ailleurs. Tu devrais demander un peu de salade.

26 JUILLET

Hier soir, après une journée d'ennui, vers six heures et demie, une camionnette s'arrêta doucement devant la porte de notre hôtel. Le chauffeur descendit, ouvrit les portes à l'arrière du véhicule, et nous vîmes apparaître, coincé entre des caisses de fruits, monsieur Fred, rouge et ébouriffé.

– Ah, mes amis! s'écria-t-il en levant les bras au ciel. Ah, mes amis!

Il était en tricot de marin et en short. Madame Fred se jeta sur lui, un pantalon convenable à la main. Monsieur Fred l'enfila machinalement, pardessus son short. Nous ne comprenions pas ce qui se passait.

Monsieur Fred pénétra dans l'hôtel. Son souffle était précipité. Il paraissait avoir quelque mal à retrouver ses esprits.

– Que t'est-il arrivé? lui demanda madame Fred.
– Ah, mes amis! j'ai passé l'après-midi avec Hulot.

Un peu plus tard, confortablement installé dans un fauteuil, monsieur Fred nous raconta tout.

— J'avais raté le car, dit-il. Lorsque Hulot me proposa de monter dans sa chignole, je ne pouvais pas refuser. Question de bonne éducation. Qu'auriez-vous fait à ma place? Je vous le demande! Et j'avais une dent contre lui, pourtant! Vous vous rappelez le coup du bateau? Bref, passons... Je n'avais pas grande envie de m'embarquer avec ce type, d'autant plus que j'étais en short (sur le coup, je l'oubliais), mais il me dit:

— Soyez sans crainte, nous allons rattraper le car.

Rattraper le car! Moi, je veux bien. Mais avec cette bagnole... Hulot répéta:

— Soyez sans crainte.

Bon. Pour lui, c'était une question d'honneur, vous comprenez? Il avait promis. Il fallait tenir. On démarre. Je suis cramponné aux coussins. Hulot, très calme, me dit:

— Vous allez voir: nous allons rattraper le car.

Je m'en balançais un peu, du car, dites. Secoué, là-dedans, ah! là! là! J'aurais voulu fermer les yeux, penser à autre chose. Impossible. Absolument impossible. A un certain moment, il m'a bien semblé que nous quittions la bonne route pour prendre un chemin de traverse, mais Hulot filait droit, sans hésiter une seconde. Je pensai: c'est peut-être un raccourci. Ah, vous parlez, un raccourci! Des ornières comme des gouffres, des branches d'arbres qui s'écrasaient contre le capot... Malheur! Quelle idée, aussi, d'avoir raté le car! Et soudain... la nuit! Parfaitement, la nuit! La nuit obscure, le noir, le trou, quoi! Un cassis avait décroché le pare-brise et la capote venait de tomber sur notre dos. Ensevelis dans les ténèbres, nous étions, oui, mes amis. Je criai:

– Arrêtez!

Mais si vous vous figurez que la trottinette de monsieur Hulot s'arrête comme ça, sur un simple coup de frein... Ecoutez-moi. Vous me connaissez. Je ne suis pas une mauviette. J'ai fait la guerre. Une grenade a pété à seize mètres de moi, un jour. Eh bien, jamais, entendez-vous ? jamais je n'ai eu aussi peur pour mes os. La frousse, quoi, l'abominable trouille. Les dents qui claquent. La sueur qui gèle. Et l'autre tordu qui continuait sans s'en faire dans le brouillard, au moins à soixante à l'heure. Cette bagnole n'avait jamais aussi bien marché! Des ailes! Elle avait des ailes! Des cahots, du roulis, du tangage (et j'ai l'habitude de la mer, pourtant), un bruit de gravier, tout à coup, sous les pneus. Par où sommes-nous passés ? Mystère et boule de gomme. Rien vu. Et brusquement, sans raison apparente, on n'a plus entendu le moteur. Calé. Teuf, teuf et le silence. La voiture a stoppé aussi, par la même occasion. Oh, ne respirez pas, ne partez pas, ce n'est pas fini. Ça ne fait que commencer. Vous n'avez encore rien vu. Hulot, très froid, me dit:

– Le moteur s'est arrêté.

Evident. Eh bien, je me dis, c'est le bouquet. Perdu dans la nature avec ce type, sa bagnole en panne, un pare-brise décroché, et sans pantalon! Question de pudeur, quoi! Ah, c'était joli à voir, faites-moi confiance. Quelle idée d'avoir raté le car! Quand j'y pense... J'essayai de sortir de la voiture, je risquai une de mes jambes dehors, tout en soulevant la capote pour glisser un œil, pour voir un peu. Et qu'est-ce que je vois ? Ah, ma mère... en mille! Je vous le donne en mille! Un cyprès, d'abord, comme tous les cyprès, puis un corbillard, des enfants de chœur et une file de personnes en noir, des grilles, des tombes... Vous avez deviné ? Nous étions dans un cimetière, et il y avait un enterrement, et, n'oubliez pas, je n'avais toujours pas de pantalon. En vitesse, je rentrai ma jambe dans la voiture et je dis à Hulot :

– Je ne peux pas sortir comme ça. Allez-y, vous.

Il y alla. Il releva la capote et sortit, avec une tête de circonstance, un air triste. Il fallait bien. Oh, il a été très convenable. N'empêche : les gens en noir nous regardaient drôlement. Hulot leur envoya un coup de chapeau. Pour ça, il est fort. Ah, je vous jure que j'étais dans mes petits souliers ! Non, mais, des fois, quelle idée d'avoir raté le car, hein ? Quand j'y réfléchis... Bref, je restais là, immobile. Des hommes avec des moustaches et des femmes avec des voilettes passaient et repassaient à côté de nous. J'essayais de tirer à moi la capote, pour cacher mes jambes. Peine perdue. Hulot fouilla dans sa malle pour chercher la manivelle. Ce faisant, il laissa tomber une chambre à air gonflée sur le sol. Une chambre à air, quoi, vous savez bien ce que c'est ? Vous allez voir. Ce n'est pas croyable. Suivez bien cette chambre à air. Des feuilles, par terre, se collèrent sur cette chambre, sur le caoutchouc. Quand Hulot la ressaisit, elle ressemblait tout à fait à une couronne mortuaire, vous savez bien, *Regrets Eternels. Il fut bon père et bon époux*. C'était exactement ça. La même taille, un peu de verdure autour. Et le plus fort, c'est que quelqu'un s'y est trompé ! Mais oui ! Un type est venu, il a pris la chambre à air des mains de Hulot et il l'a emportée dans le cimetière, avec d'autres! Non mais, vous vous rendez compte? Supposez que la chambre à air se dégonfle subitement, au beau milieu de la cérémonie, avec un petit sifflement: vous voyez le tableau? Et si on cherche à voir l'inscription, on trouvera: *Don de Dunlop!* Ou quelque chose comme ça... Ça ne fera pas sérieux. Et la mort, ce n'est pas permis de plaisanter avec ça, nous sommes bien d'accord?

Moi, pendant ce temps, je me faufilai discrètement hors de la bagnole, je gagnai le portail en marchant sur la pointe des pieds, et vivement dehors! Avec mon short, j'avais l'air fin, je vous jure! Les enterrements, je n'aime pas ça. Hulot, lui, tranquille comme Baptiste, se mit à triturer sa mécanique. Ah! la comédie, mes amis, la comédie... Et que je tire sur le démarreur, ce qui déclenche un boucan de tous les diables dans le saint lieu, et que je te tourne cette manivelle qui grince, et que je te lève le petit chapeau pour m'excuser... Rien du tout. Il fallut pousser. Moi, pousser? Jamais de la vie! J'étais tapi dans les buissons, de l'autre côté de la grille, et je cachais mes mollets. Heureusement, quatre péquenots endimanchés qui faisaient partie de l'enterrement se proposèrent pour aider Hulot. Tant mieux, me dis-je. Hulot franchit le portail, le moteur partit. Parfait. Oui, mais vous ne connaissez pas môssieur Hulot! Il a fallu qu'il remercie ceux qui l'avaient poussé! Impossible de faire autrement! Politesse, politesse... Au lieu de se tirer tout de suite, il est rentré dans le cimetière, à pied, il a serré les mains des quatre gars, en veux-tu, en voilà... Et vous savez comme moi qu'à la fin des enterrements on serre les mains, avec un air affligé, de ceux qui restent, des membres de la famille. Les gens qui étaient là, et qui en avaient marre de la cérémonie, ont vu des types en train de se serrer la main. Ils se sont dit: ça y est, c'est fini. Et ils ont laissé en plan le curé, sa pelle à la main, les acolytes et le fossoyeur. Mais oui! Et je te serre la pince, et je te secoue le bras, et je t'adresse des condoléances, et ce sont toujours les meilleurs qui s'en vont, et hier encore il se portait comme vous et moi... Ce que c'est que de nous! Moi, derrière le portail, je voyais tout. Incroyable, vous dites? Et c'est pourtant vrai! Vous avez ma parole! Je vous jure que je n'invente rien! Quelle idée, aussi, d'avoir raté ce car de malheur! Plus fort même: à un moment, arrive une femme qui porte à son bras un parapluie avec une cordelette. Elle serre la main de Hulot. Le parapluie glisse. Il passe sur le bras de Hulot. La femme s'en va. Hulot se retrouve avec son parapluie. Il essaye de le refiler à quelqu'un, de la même manière qu'on le lui a refilé (qui sait d'où vient ce parapluie?), mais pas moyen... Le parapluie ne veut plus quitter son bras. Il s'accroche. Vous ne me croyez pas? Mais c'est la vérité! La pure vérité! Ça a l'air d'une farce, mais c'est arrivé cet après-midi! Attendez voir... Il manque le plus beau... Moi, je commençai à perdre la tête et je me disais: tout ça finira mal, Fred, tout ça finira mal! Quand arrive une vieille bonne femme qui a une plume à son chapeau, une longue, une très longue plume. Et ne voilà-t-il pas que cette plume – sur la tête de ma pauvre mère, c'est vrai – se met à chatouiller, au passage, le nez de tous ces

gens qui pleurent presque ! Elle leur chatouille le nez ! Et peu à peu tous de glousser, de rire, de rigoler comme des bossus ! Tous ! Et Hulot le premier ! Ils se tordaient, tous ces gens ! Ils se tapaient sur le ventre, sur les cuisses, et allons donc ! Une vraie partie fine ! Alors là, je vous jure, quand j'ai vu que l'enterrement se transformait en une sorte de faridondon, j'ai beau aimer la rigolade, en temps normal, je me suis dit : ils sont tous fous, pas possible ! Fred, mon ami, ça finira mal, ça finira très mal ! Sauve-toi de là en vitesse ! Je suis parti à toute allure, j'ai arrêté la première camionnette que j'ai rencontrée sur la route, et voilà l'histoire...

Ainsi parla monsieur Fred. Nous bûmes une tournée, ce qui donna le sourire à monsieur Ménard.

Le récit m'avait passionné. Mais c'était du gaspillage. Monsieur Fred, ce balourd, n'avait pas su profiter de sa chance. L'amitié de Hulot, sa seule compagnie même, doit être merveilleuse. Que d'aventures imprévisibles...

Hulot est rentré fort tard, comme on pense, et très éméché, à la grande fureur du garçon, qui attendit jusqu'à minuit pour réchauffer un dîner auquel Hulot n'eut garde de toucher. C'est devenu une habitude. Hulot n'est pas revenu seul, d'ailleurs. Il a ramené dans sa voiture quelques fêtards et ils ont réveillé l'hôtel, une fois de plus, cette nuit. Chambard dans l'escalier. Ballet lumineux des fenêtres qui se rallument. Que se passe-t-il ? Ah oui, c'est Hulot qui rentre !

Cette nuit, j'ai vu en rêve un cimetière extravagant.

Les cyprès étaient tendus de chambres à air en guirlandes et de lanternes vénitiennes qui ressemblaient à des parapluies. Dans le ciel, des fusées et des feux. Sur les tombes et dans les allées, toute une foule un peu confuse criait, dansait, buvait, festoyait. Des confetti s'éparpillaient dans l'air. Dans le plus luxueux des caveaux de famille, un monsieur Hulot gigantesque dirigeait sans rire l'orchestre. En y regardant de plus près, d'ailleurs, je vis que ces gens en goguette sacrilège qui se gobergeaient au mépris des morts, et qui se serraient les mains à tout bout de champ, avaient tous une allure bizarre, la même allure. Sur la tête, ils portaient tous un petit chapeau blanc. A la bouche, ils tenaient une pipe. Et leurs jambes étaient longues, longues, raides…

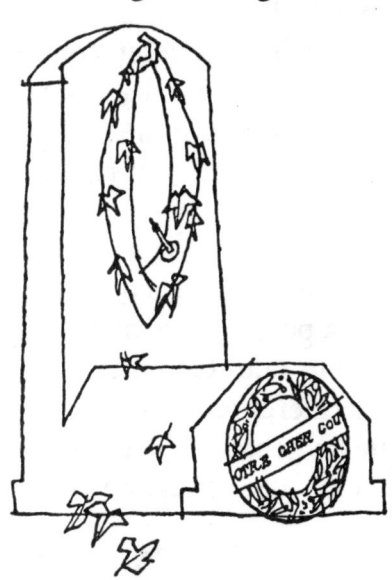

27 JUILLET

Midi. Le soleil est revenu pour un petit tour. On dirait qu'une belle journée s'annonce. Cet après-midi, si les choses ne se gâtent pas, je serai peut-être de falaise.

Devant l'hôtel s'éloigne le marchand de journaux, qui charrie ses feuilles sur le porte-bagages d'une bicyclette. Un petit coup de trompette et :

– Les dernières nouvelles ! Demandez les dernières nouvelles !

Tout le monde en veut, et, comme tout le monde, monsieur Hulot vient d'acheter *Paris-Matin*. Ce geste m'a surpris. Hulot me paraissait si loin du fait divers, de la politique, des résultats sportifs et des ragots…

Mais j'ai vite compris.

Au cours de sa malencontreuse partie de canotage, Hulot a perdu son petit chapeau. Or, il ne peut pas rester tête nue. Comment saluerait-il ? Dédaignant les dernières nouvelles, il plie, sans le lire, son journal sur un genou, et se coiffe de cette calotte en papier comme un gendarme d'opérette.

Il arrive d'un pas ferme sur la plage et s'installe. Serviette qu'il faut étendre malgré le vent. Cinq minutes de bain de soleil. Sable qui vient se coller sur les cils et dans les narines.

Monsieur Hulot se lève et pénètre dans l'eau sans tressaillir. Près de lui, monsieur Fred se baigne par peu de fond, les épaules soulevées et les mains croisées sur son ventre. Hulot le reconnaît et, sans songer un instant que cet homme puisse lui garder rancune pour une partie de fou rire dans un cimetière inconnu, il lui tend la main. Monsieur Fred ne veut rien savoir et il tourne le dos. Fâché, le malheureux !

Hulot, la main tendue, ne sait que faire de ses cinq doigts. Non loin de là, un maître nageur soutient d'une main ferme le menton d'une femme entre deux âges et entre deux eaux. Elle apprend à nager. Hulot, à tout hasard, tend sa main. Pris au dépourvu, le professeur de natation lâche le menton de la dame pour serrer la main de monsieur Hulot. La dame pique du nez sous les vagues et disparaît.

Hulot s'éloigne.

Sanglée dans un maillot rigide, madame Dubreuilh, la tante de Martine, fait des manières à la ronde. Comme Hulot s'approche d'elle, elle lui sourit et lui tend sa main droite à baiser. Affamé de politesses, Hulot se précipite vers cette main, veut la saisir...

Survient à ce moment une vague énorme. Madame Dubreuilh, qui est tournée vers le large, prend peur, et pour éviter cette montagne d'eau fait un petit saut en arrière. Hulot rate la main qu'on lui tendait. La vague le happe. Il a disparu.

Le calme revenu, madame Dubreuilh le cherche vainement des yeux autour d'elle.

Je vais et je viens, de la jetée aux rochers à crevettes, des rochers à crevettes à la jetée. Là, près du rivage, dans un mètre cinquante d'eau, monsieur Smutte, les yeux mi-clos, fait la planche. Dans sa tête, des chiffres et des graphiques valsent. Vendre pour acheter, et acheter pour revendre...

– Monsieur Smutte! crie la voix du garçon, quelque part sur la plage. Té... Téléphone!

Hein? Le téléphone? Monsieur Smutte a bien entendu. Il n'y a pas une seconde à perdre. C'est sans doute Londres, ou Amsterdam. Monsieur Smutte se retourne et pique un crawl vigoureux, mais vers le large, hélas! Il se trompe de direction. Monsieur Smutte fonce à pleins bras vers la haute mer...

– Non! crie le garçon affolé en brandissant son éternel torchon. Pas par là, monsieur Smutte, pas par là! Par ici! Le té... téléphone, à l'hôtel!

Un peu plus loin, à demi asphyxié, monsieur Hulot sort de l'eau. Ses cheveux tombent sur son visage. Il ne voit rien. Arrivé sur le sable, il lève encore les genoux pour enjamber des vagues imaginaires.

29 JUILLET

– Too late! nous cria l'Anglaise d'aussi loin qu'elle nous vit. Trop tard! Vous arrivez trop tard! Ah, dit-elle en s'approchant, ce a été... wonderful, formidable!

Ecarlate sous sa casquette blanche un peu chavirée, miss Topping courait en agitant les bras. Nous nous dirigions paisiblement, ma femme et moi, vers le court de tennis, vers le *club*. Et la miss avait l'air bien surexcitée. Je flairai un coup de Hulot là-dessous.

– Eh bien, miss, qu'y a-t-il?
– What? Ah, monsieur et madame, vous avez manqué la plus magnifique, la plus extraordinaire tennis-party dans votre vie!
– Mais qui?...
– Hulot, of course!
– Hulot?
– Yes!
– Il a gagné?
– Yes!
– Mais comment?
– Oh!...

Miss Topping se laissa tomber sur un banc, les

mains posées sur les genoux, et reprit peu à peu sa respiration compromise.

– Oh... Oh... disait-elle, mi-riant, mi-grimaçant un peu, car elle avait couru.

– Vous allez nous raconter ça, lui dis-je.

Et j'ajoutai, montrant par là mes connaissances et l'excellence de mon éducation :

– If you please.

– Well, dit-elle, mister Hulot m'avait chargée dans sa voiture. Oh, terrific car! Delicious! Quand nous arrivons au parking, près du club, quatre jeunes misses jouaient, elles couraient, elle sautaient, elles criaient, like... comme des oiseaux, you see? Des petits oiseaux, cui-cui, cui-cui, comme des perruches dans une grande... une volière! Et tout près de là des dames et messieurs buvaient des petites boissons à la paille sous la tonnelle. Well, we come, nous arrivons, mister Hulot coupe le... le moteur, et la voiture... Boum! Une détonation, comme un coup de fusil, et les jeunes misses-perruches, dans la volière, s'arrêtent net. Well. Nous descendons. Mister Hulot me dit :

– Je vais et je joue.

Very well!

Miss Topping parlait assez bien le français, avec un accent ravissant et une nuée de gestes qui suppléaient les mots qui lui manquaient.

– Les dames et messieurs n'étaient pas du tout satisfaits, à cause de la détonation et des odeurs de benzine. What is it? Qui est ce monsieur? ils demandaient. Eh! C'est mister Hulot, leur dit le commandant, et Peter, you know Peter? Peter voulut savoir si mister Hulot était a good tennis player, un bon joueur. Il demande au commandant. Le commandant dit: Peuh...

– Je crois, dis-je, que le commandant avait déjà battu Hulot, et même à plate couture.

– Ah? Possible... reprit miss Topping, l'air rigolard. Listen. Je montai sur l'échelle de l'arbitre, car in England je suis une monitrice de tennis, golf and cricket au féminin collège d'Exeter, you know? Select school, indeed, high society. Well, je montai sur l'échelle et mister Hulot entra sur le terrain, very digne, sans enlever son veste et son petit chapeau en papier. Il jouait contre deux demoiselles avec des petits pantalons blancs, des... comment dites-vous?

– Des shorts?
– Yes! Je dis : Ready?... Les jeunes demoiselles disent : Ready! Alors je dis : Let's go! Then, ladies and gentlemen, vous auriez vu la chose la plus extraordinaire, la plus fantastic! See!

Miss Topping se leva.

– Mister Hulot avait le premier service. Il plaça sa raquette... comment dites-vous? Yes, horizontalement, like this, comme ça, le pied gauche en avant (*figure 1*). Il la secoua une fois, deux fois, d'avant en arrière, comme un... un piston (*figure 2*) puis il la leva, suddenly, et frappa sur la balle très fort, très fort (*figure 3*), like this (en voulant me démontrer, en bonne monitrice, ce mouvement des plus étranges, miss Topping faillit choir). Ah, fantastic!

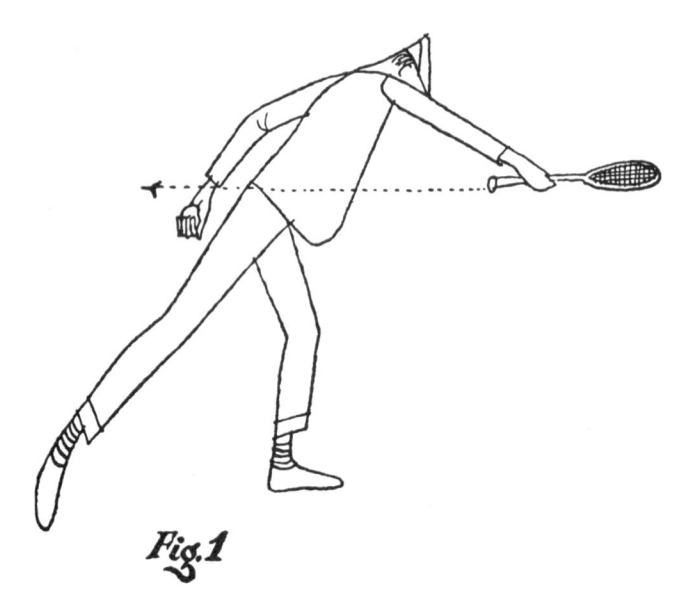

Fig. 1

Fig. 2

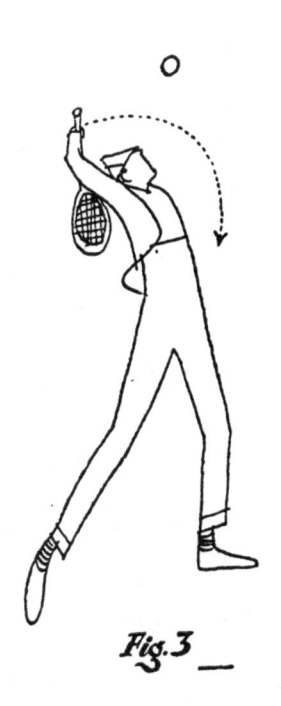

Fig. 3

— Mais, miss, lui dis-je, on n'a jamais servi comme ça, que je sache? Pourquoi?...

— I don't know! Mystery, my dear! Wonderful mystery! Personne n'a compris le service, nobody! L'une des deux misses reçut le premier balle dans les pieds et sauta en faisant: oh! oh! comme une petite poule à qui vous jetez un caillou, see? Et le balle était correct! Je dis: Quinze! Et les dames et messieurs qui buvaient des boissons à la glace sous la tonnelle regardèrent les joueurs avec... étonnement ! Grand étonnement ! Qu'est-ce que c'était ça ? Stupéfiant ! Mister Hulot changea de côté, of course, and... one-two-three ! Le même mouvement avec la raquette et pan ! La même chose pour la seconde miss. Elle était tout penchée en avant, elle attendait la balle qui avait déjà rebondi dans le grillage, derrière elle.

What a service !

Je dis : Trente ! J'étais très incroyable, vous comprenez, non pas incroyable, incrédule, yes. Et les dames et messieurs commençaient à se lever pour voir la partie formidable, la plus formidable partie dans le siècle ! Et ils disaient : Çà, par exemple, quel punch, have you seen, c'est impossible, c'est... Comment disaient-ils ? Aoh yes, inconcevable ! C'est inconcevable ! Et mister Hulot gagna le game avec une très extraordinaire facilité : aucun balle ne dura plus longtemps que le service. Terrific service ! Les jeunes misses s'en allèrent avec un air !... Et ce fut le jeune boy, Pierre, Peter, qui posa son pullover et qui dit :

— J'y vais.

Ah ! Ah ! Famous ! Le boy entra sur le terrain, il trottinait comme un jeune cheval, hop, hop (miss Topping se mit à trottiner elle aussi pour imiter Pierre, le jeune athlète ; elle se mit, sans se soucier des gens qui passaient, à battre l'air d'une raquette imaginaire, coup droit, revers, volée, demi-volée), et il s'étira longtemps, longtemps, la musculature, il plia les genoux, comme ça, inspira, comme ça, well, tout ce qu'il fallait, et pendant ce temps, en face de lui, mister Hulot was waiting for, c'est-à-dire il attendait, simplement, très droit, les bras croisés, et avec son petit chapeau en papier de journal sur la tête. Very nice, indeed!

Well, quand Peter eut terminé son petit exercice, je dis: Ready? Peter dit: Ready! Je dis: Let's go! Well: One-two-three... pan! Ah, crazy service! Sur le premier balle, Peter glissa, tomba, se releva sur ses jambes. Ah, ah, en dehors de sa petite culotte il y avait un morceau de chemise (miss Topping racontait ça en riant comme une folle). Il courait ici, là, partout (et miss Topping courait aussi). Ridiculous, absolutely ridiculous! One-two-three... pan! One-two-three... pan! And pan! Good! No pity! Ah, mister Hulot, splendid! Je criai: Game! Game! And Peter sortit du court, very tired, très... hors d'haleine, comme vous dites (miss Topping se mit à rouler des yeux et à tirer une langue de quatre empans). Mister Hulot resta sur le terrain avec son veste et son petit chapeau. Then the commandant... vous connaissez? Very angry, très en colère, le commandant. Peter était battu, you understand, et Martine, the little girl, était très... très mécontente. Elle ne regardait plus le pauvre Peter. Triste, triste... Unhappy Peter...

Le commandant dit:

– Qu'on me donne le balle!

On lui donne le balle. Le commandant pénètre sur le terrain à petits pas raides, comme ça. Sous la tonnelle, les dames et messieurs se regardaient dans le silence.

Ready? Let's go!

Alas, poor commandant! One-two-three... pan! Le premier service de mister Hulot enfonça jusqu'aux oreilles la... la...

– La casquette?

– Yes, la casquette du commandant! One-two-three... pan! Le second service enleva la raquette et fit tourner le commandant comme une toupie. Le troisième balle le frappa dans le dos, here. Il tombe.

Out! Finished! Game! Mister Hulot a gagné! Good bye!

Elle partit à toute allure en criant à tous les échos:

– Fantastic! Fantastic!

– Je n'ai rien compris au charabia de cette vieille folle, dit ma femme.

*
* *

Fantastique!

J'étais fou de joie, comme miss Topping. Le voilà donc, le miracle attendu. Parfaitement ignare en matière de tennis, Hulot taillait en pièces des adversaires aguerris, grâce à un service implacable, un peu magique. Une-deux-trois... Magnifique et sans bavures. Hulot venait de mettre le monde à sa mesure. Rien ne pouvait lutter contre lui. Les jeunes filles aux bouches pincées, Pierre le bien-bâti, le commandant fier technicien, tous abattus par une force primitive.

Pour une fois, Hulot avait trouvé sa baguette magique et les gestes invocateurs. Un objet s'était fait son allié, une raquette. Une-deux-trois... il agite un peu la raquette, il frappe et cela suffit. Je l'imaginais faisant table rase devant ses balles.

Mister Hulot... Fantastic...

Les membres du club discutaient en petits groupes sous la tonnelle.

– Mais enfin, disait une dame, il ne peut pas jouer comme tout le monde?

- C'est inadmissible ! Et les règles élémentaires ?
- Et les statuts de la Fédération ?
- Il faudra lui interdire l'accès au club.

Leur seule arme : l'exil. Hulot les bafoue ? Ils lui feront comprendre qu'il ne doit plus venir chasser sur leurs terres stériles.

- C'est trop fort ! Vous avez vu ce service ?
- Inconcevable !
- Une-deux-trois... et hop !

On essaie d'imiter son fameux geste. Mais tout le monde ne peut pas être Hulot. Ils n'ont pas cette foi qui soulève aussi les montagnes, dit-on.

- Imparable, gémissait Pierre. Imparable...

Martine, seule, les pommettes légèrement roses (de joie ?), ne disait rien, soucieuse de ne pas témoigner à Pierre trop de compassion. Je crois que le jeune homme venait de voir s'écrouler en une minute le bénéfice de quinze jours d'efforts et de petites courses sur la plage.

Rouge de honte et de colère, le commandant affirmait :

- Moi, je ne peux pas jouer avec ce vent.
- Il manque totalement de style, remarquait une jeune femme.
- C'est d'une vulgarité, d'un primaire...
- Et sa taille l'avantage énormément !

Ma femme eut le mot de la fin :

- Rentrons, dit-elle, il se fait tard.

Nous prîmes par les jardins à la française, aux pelouses sages, qui entourent le club. J'avais les yeux et la tête pleins de miss Topping et de son récit. Qui avait appris à Hulot cette technique inhabituelle ? Un inconnu ? Le hasard peut-être ?

L'esprit perdu, je vins buter contre ma femme. Elle me fit les gros yeux.

— Comment, me dit-elle, tu ne salues pas madame Dubreuilh ?

— Oh, pardon...

Je me retournai. Trop tard. Madame Dubreuilh, qui venait de nous croiser, s'éloignait déjà, la tête haute.

Et nous revînmes à l'hôtel.

Collée contre la vitre de la porte d'entrée, une affiche tapageuse annonçait, au-dessous d'une vague peinture d'Arlequin et de Colombine :

MERCREDI 3 Août
de 21 H. à l'aube
dans les salons de
L'HÔTEL DE LA PLAGE

BAL masqué

ON EST PRIÉ DE VENIR EN COSTUME

Au soir de cette mémorable journée du 29 juillet, après le repas, Hulot disputait une partie de Ping-Pong avec le fils de monsieur Smutte, Régis. La table de Ping-Pong est installée dans une petite salle qui s'ouvre dans le hall. Dans l'encadrure de la porte apparaissait, de dos, la silhouette trépidante de Hulot, qui se démenait comme quatre et paraissait danser une sorte de ballet fantaisiste, en même temps que retentissait à nos oreilles l'incessant crépitement des balles sur le contre-plaqué. Cela faisait un beau chahut.

Dans le hall, les joueurs de cartes supportaient mal les échos du match. Le commandant et madame Paillaud, une cliente, affrontaient au bridge notre dame coquette et son amoureux brésilien. Non loin de là, monsieur Fred et un autre client s'opposaient en tête à tête dans une méchante partie de belote. Madame Dubreuilh était là. Martine aussi. Elles viennent quelquefois passer la soirée avec nous, pour se distraire...

L'intellectuel, debout près de Martine, récitait sa leçon :

– ... c'est au corps électoral tout entier, et particulièrement aux femmes... la femme au foyer, d'accord, mais socialement éclairée et politiquement consciente...

Deux vieilles dames sirotaient une tisane en caquetant du bout des dents.

Tac! Tac-tac! Monsieur Hulot était là! Monsieur Hulot se rappelait à l'attention de tous. Les balles claquaient sur la table et contre les murs. Hulot désarticulé gesticulait sur le pas de la porte, en nous tournant le dos. Il sortait à reculons et rentrait à toute vitesse. Le commandant trouvait une certaine peine à se concentrer sur ses cartes et des tics de mauvais augure couraient sur ses joues. Maudit Ping-Pong. Satané Hulot. Toujours là pour semer le vacarme et vous embrouiller les idées.

– Un cœur, dit la coquette.

Tac-tac-tac-tac... une balle perdue rebondit sur les pavés du hall. Tac-tac... tac... encore un rebond. Le dernier? Pas encore... tac... Hulot vint chercher sa balle. Il souleva le fauteuil de l'une des vieilles dames qui, surprise par cette culbute, avala de travers et s'étrangla. Puis il déplaça le philosophe, bouscula des meubles. Il ne semblait pas s'apercevoir de la présence de tous ces gens. Martine ramassa la balle et la tendit à Hulot, qui la prit en remerciant. Elle était la seule qu'il consentît à voir.

Il fit demi-tour vers la salle de jeu en faisant taper sa balle par terre.

Le garçon traversait précisément le hall en tenant en laisse deux chiens. Excités par le bruit de la balle, les deux molosses se ruèrent en avant, entraînèrent le garçon et l'empêtrèrent si bien dans les laisses qu'il se trouva soudain ficelé à une colonne, tel saint Sébastien attendant ses flèches, et dans l'incapacité absolue de bouger pied ni pouce. Les dogues aboyaient furieusement.

Monsieur Ménard accourut.

– Avez-vous fini de faire le pitre ? dit-il à voix basse au garçon ligoté.

– Mais, monsieur...

– Taisez-vous, maladroit !

Monsieur Ménard délia le garçon. Un calme très instable revint dans le hall. Là, à côté, la partie reprenait. Tac, tac-tac-tac... Hulot reculait jusque dans le hall pour rattraper certaines balles longues.

– 16-14 ! annonçait la voix de l'Anglaise qui, là encore, arbitrait.

– Où en sommes-nous ? demanda la coquette à son partenaire.

On devinait qu'elle était exaspérée. Soleil, pluie, vent, cette dame s'affuble d'immenses chapeaux en paille multicolore qui la font ressembler à quelque arbre des tropiques. La fumée de sa cigarette se heurte au passage au rebord de ce parasol et dessine une auréole de brume. Ailleurs, et un peu partout, la dame est hérissée de colliers et de bracelets en coquillages, de boucles d'oreilles sonnantes, de cailloux, de fausses perles, de billes de verre, de gourmettes et d'anneaux platinés. Elle est un bazar ambulant dont la devanture varie. Et telle qu'elle est, elle fait le bonheur et le malheur du Brésilien.

– Nous jouons un cœur, répondit madame Paillaud.

Tac-tac-tac-tac... une deuxième balle de Ping-Pong s'égara dans le hall.

Hulot reparut parmi nous. La balle avait probablement glissé sous une table. Hulot s'accroupit, se mit à quatre pattes et se faufila entre les jambes et entre les jupes, à la recherche de la balle. D'une main, il s'appuya à la chaise du Brésilien.

C'était, hélas! une chaise tournante.

A cette seconde même, par un caprice du hasard, le Brésilien levait le bras avec décision pour poser une carte sur la table de bridge. La chaise pivota. Le Brésilien, sans se rendre compte de ce qu'il faisait, abattit la carte sur la table voisine, entre les deux joueurs de belote qui, plongés dans la contemplation de leurs jeux, ne remarquèrent rien.

Hulot trouva la balle. Il se releva, replaçant par là-même le Brésilien dans sa position première. Puis il s'éloigna.

Et la partie de Ping-Pong reprit. Tac, tac-tac...
– 19-18!

Les deux tables de joueurs de cartes connurent quelques minutes d'étonnement muet. Comprenez bien la situation. D'un côté, chez les joueurs de belote, monsieur Fred et son adversaire relevèrent en même temps la tête et découvrirent avec une égale stupeur la carte posée entre eux. Monsieur Fred qui avait déjà joué cette carte, soupçonnait son adversaire de posséder un double jeu dans ses manchettes. Or l'adversaire de monsieur Fred – et on le comprend, ce brave homme – qui avait déjà vu passer cette carte fatale, soupçonnait monsieur Fred de l'avoir repêchée et de la resservir sans vergogne.

Les coudes sur la table, les deux hommes s'observaient minutieusement, le souffle court. Il suffisait d'une étincelle pour allumer les poudres.

A l'autre table, chez les joueurs de bridge, le Brésilien, sûr et certain d'avoir lancé sur le tapis une carte maîtresse, ramassa prestement le pli d'un air qui ne souffrait pas la discussion. Mais halte-là! Ses deux adversaires, et même sa partenaire, qui ne l'avaient vu déposer aucune carte, levèrent vers lui des yeux menaçants et se redressèrent avec lenteur.

Et tout cela sans un mot. Silence angoissant. Seules les deux vieilles dames continuaient à papoter tout bas.

Tout allait s'envenimer d'un instant à l'autre. N'était-ce pas purement diabolique? Par une simple poussée de la main, Hulot venait d'allumer dans l'âme intransigeante des joueurs une fièvre qui pouvait, en un clin d'œil, mettre le hall à feu et à sang.

La partie de Ping-Pong se terminait. Régis et

Hulot se serrèrent la main, rangèrent balles et raquettes. A son habitude, Hulot n'avait rien remarqué des troubles divers qu'il soulevait au moindre geste. Il traversa le hall, salua Martine et lança à l'Anglaise un vigoureux :
– Good bye !
– ... Good night !

Il gagna l'escalier et grimpa de son pas décidé. Mais à peine ses pieds avaient-ils disparu de la dernière marche que la querelle qui couvait sous la cendre éclata. Les nerfs étaient à bout. On n'en pouvait plus de ce silence incertain, de cette suspicion réciproque.

Monsieur Fred ouvrit le feu.
– D'où vient cette carte ? dit-il.
– Comment ? répliqua son adversaire, qui n'attendait qu'une occasion. Cette carte ? Ah ! Ça, par exemple...
– D'où vient cette carte ? répéta monsieur Fred en se penchant encore un peu plus en avant.
– Oh... fit l'autre, suffoqué par cette audace.
– Mon ami, dit, à la table voisine, la coquette, vous avez ramassé un pli bien à la légère, il me semble.
– Quel pli ? fit le Brésilien.
– Mais, le dernier, parbleu, riposta le commandant.
– J'ai joué...
– Vous n'avez rien joué du tout ! s'écria madame Paillaud.

- Ah, permettez !
- Que je permette ? dit la coquette en sursautant. Ah, c'est trop fort !
- Eh, tiens, ajouta le commandant, on ramasse, et hop !
- Tricheur ! s'écria monsieur Fred se levant.
- Tricheur vous-même ! non, mais dites donc...
- Espèce de...
- Que dites-vous ?
- Vous avez bien entendu ! Ah mais ! Je voudrais bien voir ça !
- Monsieur, dit la coquette au Brésilien, ce que vous venez de faire s'appelle, dans notre langue, tricher.
- Hein ? cria le Sud-Américain, à qui les yeux sortaient de la tête.
- Parfaitement, tricher ! précisa le commandant.
- Vous mentez !
- Je mens ? Malappris ! s'exclama la dame au chapeau de paille, qui ce soir était noir.

Le torchon brûlait. Le Brésilien darda sur sa voisine un regard de braise.

- Malappris ? Moi ?
- Et comment ! Ah, le sale petit métèque !

A ces mots, l'homme de São-Paulo donna libre cours à sa fureur naturelle. Vert de rage, oubliant l'amour et ses lois, il se lança dans une kyrielle d'injures précipitées. La moutarde envahit le nez de la dame. Oh, le sagouin, oh, le misérable ! Et dire qu'il la courtisait avec soumission depuis deux semaines! L'ignoble personnage! Comme il avait camouflé son tempérament primitif!

— Assez, monsieur!

Assez? Pensez donc! Hélas, mon gendre, tout est rompu! Emporté par sa très grande colère, le Brésilien déversait tout ce qu'il avait sur le cœur, les mots tendres et inutiles, les promesses de rendez-vous qu'on ne tient pas, les migraines, les soupirs profonds, les ongles qu'on baise entre deux portes, deux longues semaines d'impatience, et tout cela pour quoi? Pour s'entendre traiter de tricheur par une chipie!

Monsieur Fred, à la table voisine, saisit son adversaire au revers du veston.

— Ah, lâchez-moi! dit l'homme.

Tous se levèrent. Des chaises basculèrent. Les cartes volèrent. Il y eut des gifles, des verres et des cendriers brisés, des cœurs aussi. Le ton monta très vite. Des jurons espagnols et français se croisèrent à toute vitesse. Madame Paillaud poussait de petits cris nerveux.

Affolé, monsieur Ménard se précipita dans la mêlée au mépris de sa vie. Il fut aussitôt entouré, tiraillé, malmené, étouffé par une masse de gens vociférants.

Ah, mon Dieu! L'hôtel! La réputation de l'hôtel!

— Mesdames... messieurs..., disait monsieur Ménard. Mesdames... messieurs...

Par quelques mots très simples j'aurais pu mettre un terme à ce branle-bas.

— On dirait qu'ils ne sont pas tout à fait d'accord, remarqua ma femme. Qu'est-ce qu'ils ont?

— Je ne sais pas, lui répondis-je avec un sourire apaisant.

2 AOÛT

Hier matin, le beau temps revenu, nous vîmes apparaître Hulot-cavalier. Leggins en cuir, éperons à molette d'un autre siècle, tout rouillés, qui le gênaient dans sa marche. A la main une cravache qu'il plaquait de temps en temps sous son bras, effleurant derrière lui des visages qui passaient et qui reculaient en toute hâte. Pas de doute : Hulot allait faire du cheval.

Martine, de sa fenêtre, le vit venir.

– Entrez ! lui cria-t-elle. Je suis prête dans une minute.

De sa chambre nous parvenaient les premières notes de la chanson nostalgique qui évoque le temps à Paris.

Hulot pénétra dans la villa. Quand il en ressortit, cinq minutes plus tard, à la suite de la jeune fille, il tenait fièrement sous son aisselle, en guise de cravache, une longue bougie brisée. Quand, au grand jour, il s'aperçut de son erreur, il rentra précipitamment et reparut avec son stick.

J'ignore ce qui se passa pendant les cinq minutes où Hulot attendit dans le salon de madame Dubreuilh. Mais, si j'en crois la bougie, je devine ce qui s'est passé. Je connais ce salon. Madame Dubreuilh, un jour, nous a invités, ma femme et moi, à prendre le thé.

Cette pièce est tapissée d'un papier verdâtre orné de cornes d'abondance. Sur des chromographies, le casino de Monte-Carlo et le Sacré-Cœur de Montmartre se font face comme le vice et la vertu, près d'un piano sans queue mais planté de bougeoirs en cuivre. Une table ronde et basse, des chaises Henri II à dossiers droits, où des sculptures représentent les travaux des quatre saisons (il y a donc quatre chaises). Des fauteuils et des coussins. Un pouf. Une photographie de madame Dubreuilh, dans un cadre blanc. Des bonbonnières, des boules de verre qui font de la neige quand on les secoue, des vases sans fleurs, une rose des sables, un poignard turc (ou japonais), une pendule en bronze et des chandeliers assortis sur la cheminée. Une carpette et des peaux d'animaux sur le sol.

J'imagine avec une sorte de joie féroce Hulot saccageant ce salon, ce musée des petites horreurs bourgeoises, le transformant en un champ de bataille où les cadavres gisent. Je vois les éperons vengeurs déchirant la carpette, la cravache fouettant le Sacré-Cœur. Les médaillons titubent, et tombe la photo sans rides. J'entends le fracas d'une bonbonnière.

Quelles sombres luttes avaient dû se dérouler là-dedans pour que Hulot ressortît avec une bougie brisée sous le bras, en guise de cravache !

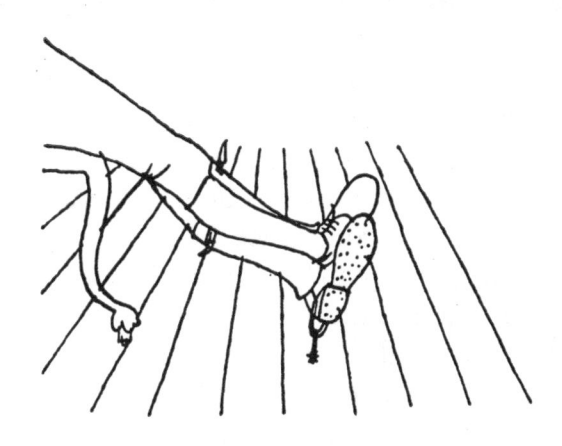

Hulot-Attila, terreur des bibelots abominables...

Martine s'installa confortablement sur le dos d'un mulet sans histoires. Autour d'elle, des gamins paradaient sur des bourriquets aux longues crinières, bêtes pomponnées et tintantes, images de la résignation, là encore. Ces ânons au front bas errent sur la plage en aveugles, matin et soir. Ils côtoient les vieilles dames et leurs tricots, descendent parfois jusqu'à la grève et remontent en longeant la jetée, puis se promènent un peu sur les dunes. En les quittant, quelquefois, les enfants les caressent.

J'étais assis – ça nous arrive – près de ma femme, sur un talus. Je ne voulais rien perdre des cavalcades de mon homme.

Ah, ce ne fut pas une petite affaire! Hulot passa derrière la cabane, où sans doute était attaché son cheval. Il réapparut, tenant une bride à la main. Madame Dubreuilh survint et s'arrêta auprès de sa nièce, qui attendait Hulot. Celui-ci souleva son chapeau (un second chapeau, acheté la veille, et assez semblable au premier), s'inclina. En s'inclinant, il tira un peu sur la bride. Une violente secousse lui répondit. Il disparut en arrière dans une pirouette.

– Allons, pensai-je, ça commence bien.

Je suppose que le cheval était à l'autre bout de la bride. Hulot revint une minute plus tard, le chapeau tout de guingois. Ça n'allait pas tout seul.

Cette fois, je ne sais comment Hulot s'y était pris: il avait passé l'une de ses jambes dans une bride qui traînait sur le sol. Dangereux, on le voit. Martine le regardait en souriant. Madame Dubreuilh ne comprenait pas. Hulot souleva son chapeau, s'inclina. La bride se tendit. Le malheureux s'écroula de tout son long et disparut une nouvelle fois derrière la cabane, tiré par un pied.

Cette manœuvre délicate fut recommencée plusieurs fois avec un égal bonheur. La bête ne voulait rien savoir. Hulot tenta de la convaincre par la parole, la flatterie, le geste, la caresse, la menace. En vain. Il fut traîné sur le sable, roulé, malmené, secoué. Sa cravache et ses éperons l'embarrassaient. Il sauta à cloche-pied, rampa, tenta des assauts par surprise qui restèrent sans effet. Je le vis ligoté dans les rênes, foulé aux pieds, suspendu à la selle. Jamais il ne put monter. A la fin, le cheval perdit ce qu'il lui restait de patience. De toute évidence, cet individu bizarre ne lui inspirait qu'une confiance relative. On le comprend un peu. La vue seule des éperons rouillés eût suffi à faire reculer de plus braves coursiers.

Ce fut ce qu'il fit, d'ailleurs : il recula, légèrement cabré ; la tête haute, tirant sur le mors. Il recula, s'enferma dans la cabane et se mit à tambouriner des quatre fers sur les minces parois en bois.

A ce bruit, Hulot s'affola. Il courut sans but à droite et à gauche, ferma à clé la porte de la cabane. Pourquoi ? Je ne sais. Il essaya de calmer le cheval en l'assurant de sa tendresse par une lucarne. Peut-être lui expliquait-il qu'il s'agissait d'un malentendu, et que tout allait s'arranger. Les ruades redoublèrent.

Une voiture, un cabriolet, dans le spider de laquelle était assis un homme à petites moustaches, à petites lunettes et à chapeau blanc, choisit cet instant critique pour venir se ranger en marche arrière tout contre la cabane.

Voyant le péril, Hulot voulut pénétrer près de sa monture, ouvrit la porte et la referma aussitôt. Tout volait, là-dedans. Justement, le loueur approchait. Hulot, l'apercevant, prit aussitôt une contenance des plus tranquilles. En sifflotant, les mains dans les poches, tandis que le vacarme des coups de pied s'enflait de seconde en seconde, Hulot se cacha derrière la cabane, qui tremblait comme un navire dans la tempête.

Cédant tout à coup à une ruade exaspérée, toute une cloison de planches s'effondra. Le cheval apparut. Hulot s'approcha de lui, hasarda une main, flatta doucement le ventre de la bête. Là, du calme, sage... Le cheval sembla fouetté par une branche d'épines. Et ce fut le drame. Brutal, comme ils le sont tous. Un terrible coup de sabot frappa le couvercle du spider de la voiture arrêtée là par mégarde. Cela fit un bruit sec. On n'apercevait qu'un morceau de cravate et un bout de chapeau coincés dans la fermeture. L'homme était au-dessous. Dans quel état ?

Hulot se pencha sur le spider fermé, vit le chapeau, la cravate, comprit de quelle catastrophe il venait une fois de plus de se rendre responsable, jeta son stick et déguerpit à toutes jambes sans regarder derrière lui.

Il déguerpit, mais il s'arrêta bientôt. Hulot ne peut jamais renoncer au spectacle qu'offrent les suites de ses sottises. Il faut qu'il voie, qu'il se rende compte, même de loin. Ainsi de l'assassin, qui revient, dit-on, sur les lieux de son crime, à la nuit tombée.

A cinquante mètres de là, Hulot fit un écart vers la gauche et se dissimula derrière la porte entrouverte d'une cabine. De cet observatoire il pouvait soit regarder en se haussant sur ses bottes, soit glisser son œil rond par la lucarne en losange taillée dans le bois.

Près de lui, la petite carriole du marchand de sorbets, *A La Bonne Glace,* attirait les enfants.

En quelques minutes, il y eut foule, comme on pense, autour du cabriolet. Le commandant était là (où n'est-il pas ?) et donnait ses directives. Le loueur de montures essayait de fournir quelques explications, mais le souci légitime qu'il avait de sauvegarder l'innocence de son cheval introduisait dans son récit une certaine obscurité. Le marchand de glaces abandonna son chariot et vint à la rescousse. Le chariot bascula. Et le rouleau de pâte de guimauve...

Aïe ! La pâte de guimauve !

Hulot la vit commencer à descendre doucement, et son genou se mit à frémir d'inquiétude...

— Ne nous affolons pas, dit le commandant. Récapitulons.

Il fut très vite évident que le système de fermeture du spider était d'une complication extrême. Un défaitiste proposa de se mettre en quête d'un garagiste, mais le commandant le tança vertement.

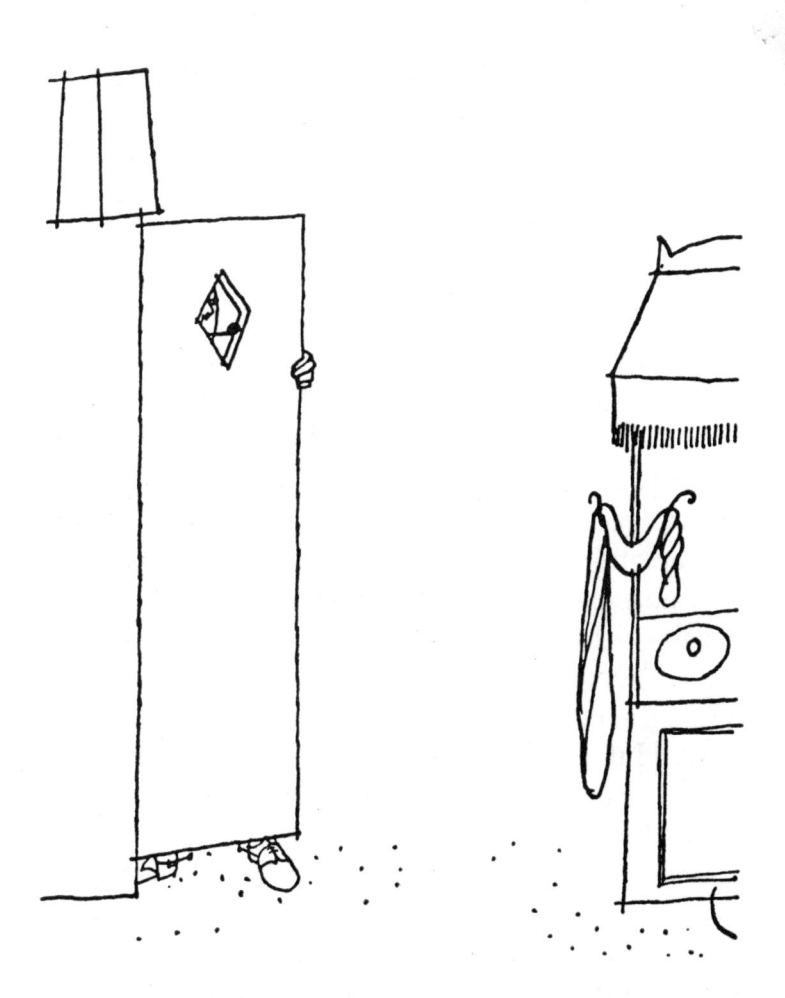

– Il n'y a pas de temps à perdre, dit-il.

Un homme de bonne volonté se coucha sous la voiture pour voir si, d'aventure, l'inconnu au chapeau blanc n'avait pas traversé le châssis, ce qui eût épargné bien de la peine. Mais non.

— Une pince, dit-on.
— Un tournevis.
— Un marteau.
— Une lime.
— Vite! Il doit étouffer là-dedans!

Vite? Facile à dire. Des hommes montèrent sur le capot de la voiture et sur la malle arrière. D'autres, couchés sous le véhicule, à l'ombre, parlaient de cric et de roue de secours. Des nouveaux venus discutaient avec une grande indifférence des qualités et des défauts de la voiture. Ils en faisaient le tour, examinaient le compteur, les pneus, les phares, les pédales, sans songer qu'un homme était peut-être en train d'agoniser dans le spider, au milieu des odeurs d'essence et des taches d'huile.

Et Hulot?

Eh bien Hulot, qui se cachait, jetait des coups d'œils lourds d'angoisse vers le rouleau de pâte de guimauve, pâte qui fléchissait, s'étirait doucement, s'affaisait, tombait... le pied de Hulot battait sur le sol une mesure endiablée. Allons?... Sortira? Sortira pas? Sauvera la guimauve? Sauvera pas?

— Ah! Une pince-monseigneur! s'écriait le commandant.

— Allons-y, tous ensemble.
— Doucement.
— Ne cassons pas la tôle.
— Attention...

– Ho! Hisse!

La guimauve était à vingt centimètres du sol, à quinze centimètres, à dix centimètres...

A cinq centimètres...

Tant pis! A la grâce de Dieu! Hulot ne fit qu'un bond, ramassa la pâte, la remonta et l'enroula en un tournemain autour du morceau de bois qui la supportait. Quelle joie pour lui d'avoir enfin pu toucher cette matière fluide qui le narguait depuis le début des vacances! Autour du cabriolet tragique, les sauveteurs étaient trop affairés pour s'occuper de lui. Personne ne vit Hulot.

Personne, sauf un cheval solitaire et débridé (son cheval, parbleu) qui le reconnut et s'approcha lentement de cet homme qui avait voulu l'asservir. Hulot vit le cheval se diriger vers lui. Que voulait cette bête indomptable ? Régler un compte ?

Saisi d'épouvante à la pensée d'un nouveau combat, Hulot tourna les talons et détala comme un lapin. Honteuse défaite ! Adieu, joies de l'équitation ! La promenade à dos de cheval se terminait par un sprint effréné vers l'hôtel. Hulot courait se replacer sous l'aile tutélaire de monsieur Ménard.

Mais j'étais prêt à parier...

Eh oui ! Là-bas, à la fenêtre de la mansarde, apparut bientôt le petit chapeau rond ! Et monsieur Hulot regardait par ici !

Pierre, le jeune athlète, s'était emparé du cheval rétif. Il le monta sans effort et partit à la recherche de Martine.

– Ça va y être, dit le marchand de glaces...
– Ça y est presque, dit le commandant.
– Encore un peu...
– Là !

Le spider craqua et s'ouvrit. Une douzaine d'yeux remplis d'une angoisse mortelle se penchèrent à l'intérieur. Que restait-il du malheureux ? Quelques dames, dans l'assistance, détournèrent la tête pour ne pas voir ça. Et monsieur Hulot, loin là-bas, se penchait à son balcon.

Mais que monsieur Hulot se rassure.

Sous les regards anxieux qui épiaient chacun de ses mouvements (mais remuait-il encore ?) l'homme aux petites moustaches, aux petites lunettes et au chapeau blanc, arrangea d'abord son couvre-chef sur sa tête.

Ensuite seulement il rectifia le nœud de sa cravate.

4 AOÛT

Hier soir, à neuf heures, au moment où commença le bal masqué, nous apprîmes par la radio qu'une crise grave menaçait le pays.

– Ne quittez pas l'écoute: dans quelques instants vous pourrez entendre un appel au pays de monsieur Durrieux, ministre d'État.

Monsieur Smutte, qui relisait quelques lettres, et monsieur Fred approchèrent leurs sièges du poste. Madame Fred, à demi déguisée, vint à pas de loup près de son mari, par-derrière, et le coiffa d'une sorte de chéchia rouge. Furieux, monsieur Fred, qui attendait l'allocution promise, arracha la chéchia et la jeta sur le pavé. Madame Fred monta l'escalier en toute hâte. Puisque son époux le prenait comme ça, eh bien! elle allait changer de tenue sans plus attendre. Ah Mais!...

Monsieur Durrieux prit la parole:

– Mes chers concitoyens, l'heure est grave...

Allons bon. Voilà un bal masqué bien compromis.

La salle à manger avait été transformée en salle de bal. Feuillages clairsemés qui s'accrochaient désespérément à la corniche. Guirlandes en papier peint, petites lanternes éteintes, bleues et rouges, qui avaient déjà servi l'année dernière. Le pick-up, sur une table. Rien qui incitât à la folle gaieté. Et qui plus est, pas un chat dans la salle. A peine une estivante assise sur un banc entre ses deux enfants, l'un en Pierrot, l'autre en Colombine. Madame Smutte, un simple masque sur le nez, vint avec son fils Régis, qui était en hussard. Et pas un bruit. Pas de musique. Il fallait attendre les amateurs. On attendit dix minutes, un quart d'heure. Les enfants immobiles avaient des regards tristes et tortillaient les pans de leurs habits. On leur avait promis une belle soirée, des rondes, du bruit, beaucoup de rires et de confet-

ti. Ils n'avaient que d'étranges vêtements mal ajustés, comme en ont les acteurs d'une troupe obscure, et monsieur Durrieux leur faisait comprendre qu'il n'était pas question de s'amuser ce soir.

A la place de sa mine grognonne le garçon arborait, comme on arbore une décoration, un large sourire de commande. On avait l'impression que les coins de sa bouche étaient soulevés par des épingles invisibles. Derrière sa caisse, monsieur Ménard, imprudemment affublé d'un chapeau napoléonien, souriait lui aussi, le nez dans ses chiffres.

– La volonté du gouvernement auquel j'appartiens de prendre ses responsabilités devant les électeurs...

Tout le monde fit cercle autour du poste, le philosophe, les vieilles dames, la coquette et le Brésilien, réconciliés par l'entremise du commandant, et même les deux Anglais qui examinaient à la dérobée le chapeau de monsieur Ménard, en se demandant sans doute s'il était d'usage en France de célébrer ainsi le souvenir de l'Empereur.

Un grand corsaire borgne traversa le hall d'un pas mécanique. Hulot! Son pantalon relevé, un bandeau sur l'œil gauche, un turban rouge sur la tête, un énorme crabe en papier noir dans le dos, deux pistolets et un coutelas à la ceinture. Ah! Ah! L'affaire se corsait. Notre pirate allait secouer tous ces marins d'eau douce sommeillants. Monsieur Ménard eut une lueur d'espoir dans le regard.

Quand il sentit la tragique ambiance à l'abordage de laquelle il lui fallait s'aventurer, Hulot eut une seconde d'hésitation. Rebrousser chemin? Jamais! Il prit un serpentin dans sa poche et le lança comme un grappin. Rien ne se produisit. Le serpentin déroulé mourut sur le pavé.

— De quoi s'agit-il? poursuivait monsieur Durrieux. Le ton pessimiste des rapports que j'ai pu examiner...

Hulot traversa le hall, pénétra dans la salle de bal et lança un autre serpentin. Il en avait les poches pleines. Le ruban de papier se suspendit à une guirlande. Régis échappa à sa mère et imita Hulot. Un second serpentin se balança bientôt.

— Si nous allions faire une promenade? me demanda ma femme. Il fait bon ce soir.
— Une promenade?
— Oh, juste un petit tour devant l'hôtel.
— Mais... et le bal?
— Quel bal?

Enveloppée d'un rayon de lune, Martine apparut

en domino sur le seuil. Surprise de n'apercevoir que des gens en costume de ville groupés près du poste de radio, elle parut confuse, triste, elle hésita, voulut refermer la porte et faire demi-tour, le cœur gros...

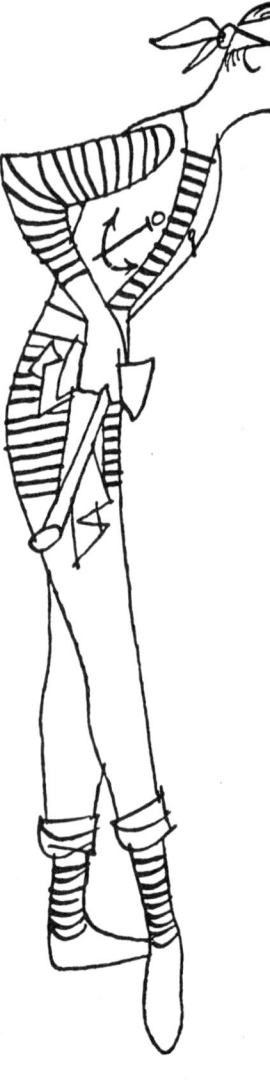

Mais le corsaire mit un disque, une valse. Martine entra, les yeux baissés sous son loup. Elle traversa rapidement le hall et gagna la salle à manger. Tout cliquetant dans son attirail épouvantable, Hulot s'approcha d'elle et s'inclina. Ah, madame, voici un pirate gentilhomme ! Bon cœur contre mauvaise fortune. Bien sûr, il n'y a pas grand monde et maigres sont les lampions, mais il faut ouvrir la fête dans toutes les règles de l'art. Imaginez une soirée fantastique chez un fastueux planteur de la Louisiane, mille lustres et mille invités, des domestiques noirs en livrées noir et rouge, le comte de ceci, le baron de cela, six orchestres, des bœufs entiers dans les cheminées, imaginez ce balthazar dansant, du champagne dans les baignoires, des gerbes de fleurs de trois mètres, et faites comme si vous y étiez. Vous êtes deux. Cela suffit à composer un couple.

Martine et son cavalier se comportaient comme les invités en queue-de-pie d'une réception de grand luxe. Un siège ? Volontiers. Mais lequel ? Voyons... Toutes les chaises, rangées le long des quatre murs, restaient vacantes, ou peu s'en fallait. Celle-ci ? Plus près de l'orchestre ? Asseyons-nous ici. Nous aurons un peu de l'air des jardins, qui embaume. Et maintenant, un brin de causette, un doigt de cour, voulez-vous ?

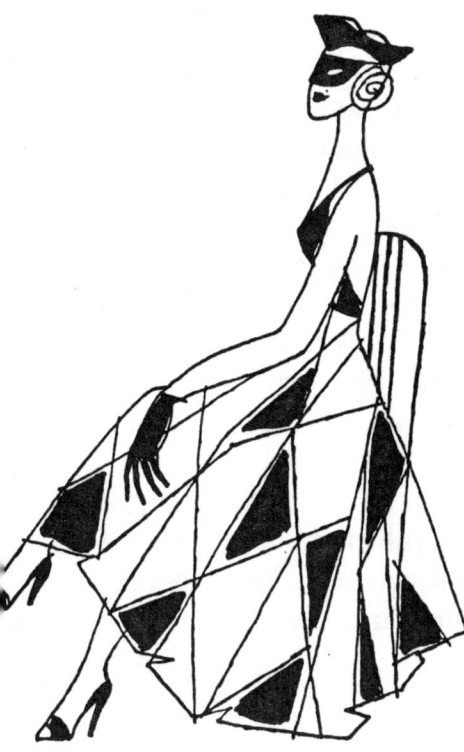

Une danse ? Pourquoi pas ? Hulot se leva, s'inclina jusqu'à terre en homme du monde. Martine mit sa main dans la sienne et vint dans ses bras tatoués. On est bien dans les bras d'un marin, c'est connu. Le dos de la jeune fille était nu et son corsage n'était suspendu à son cou que par une collerette de velours noir.

Le long de ce dos, la main droite de Hulot hésita. Où se po-

ser, sur cette chair étrangère? L'index de Hulot se replia et vint s'appuyer sur la collerette.
Ils dansent.
— Tu viens? me dit ma femme.
— Oui, je viens.
— Aux habituels détracteurs, affirmait monsieur Durrieux, qui se complaisent dans une critique négative de notre effort, je demande des solutions neuves...

Monsieur Smutte et monsieur Fred complotèrent et fermèrent la porte de la salle à manger, car le pick-up les empêchait d'entendre les propos de monsieur le ministre d'État. Le garçon posa son sourire et monsieur Ménard son petit chapeau. Les deux Anglais n'avaient toujours pas compris la signification de ce couvre-chef historique. On leur avait pourtant recommandé cet hôtel.

Adieu, cochons et couvée, adieu musiciens et trompettes. A peine commencé, le bal de l'*Hôtel de la Plage* est un fiasco complet. La fête s'éloigne, oubliée, dans le vacarme de la crise.

— Trois cent cinquante milliards d'économies sont indispensables...

Hulot cherche un serpentin dans sa poche, veut le lancer, mais le bout de ruban qu'il attrape est d'une taille dérisoire. Ce sont peut-être les économies demandées par monsieur Durrieux...

5 AOÛT

A six kilomètres de la plage, au bout d'un chemin creux, s'étend un petit bois tranquille qui chaque année reçoit notre visite, en pique-nique. C'est là que nous goûtons aux joies de la vie paysanne. Il faut changer d'air, s'aérer, ne serait-ce qu'une fois par an, comme on fait ses pâques.

Ce pique-nique est organisé par le commandant dans le style grandes manœuvres. Quand arrive le grand jour, hommes et femmes ont endossé des vêtements particuliers, celles-ci des jupes champêtres, ceux-là des salopettes propres et des chaussures d'explorateur. On ne sait jamais ce qui peut arriver. Le frisson de l'aventure coule dans notre dos. Quelle passionnante excursion!... Mais il faut s'équiper pour franchir les fossés, marcher dans les sous-bois, grimper aux basses branches d'un arbre, s'asseoir dans l'herbe. Qui sait? Nous verrons peut-être un hérisson, un champignon que nous laisserons là par prudence. Si le hasard s'en mêle, nous apercevrons la queue froide d'une couleuvre s'éclipsant entre les fougères, et dans ce cas-là nous aurons fort à faire pour ranimer les dames.

Le départ est prévu pour neuf heures et demie,

mais à dix heures personne n'est tout à fait prêt. Il manque toujours quelque chose, un tire-bouchon, un parapluie. Quatre voitures sont alignées devant l'hôtel. Des femmes montent et descendent à toute vitesse le long des escaliers. On entasse une multitude de paquets. Tristement, monsieur Smutte nous fait comprendre qu'il doit rester là, lui, à cause du téléphone.

— Si on me demande, n'est-ce pas?
— Au moins, tu seras sage? demande madame Smutte à son fils Régis, qui reste avec son père.
— Oui, maman.

Madame Dubreuilh et Martine étaient là, ainsi que la famille Fred, le commandant et madame, l'Anglaise, le philosophe, madame Paillaud. Une feuille d'appel à la main, le commandant énumérait les noms et chacun répondait «présent».

— Madame Verdaz et madame Paillaud: voiture de monsieur Bresson... Madame Giraud: voiture de monsieur Reynald... Madame et mademoiselle Dubreuilh: voiture de monsieur Hulot... Hulot!

Pas de Hulot.

— Hulot! répéta le commandant.

Rien.

— Je m'excuse, dit l'officier, mais mon plan était établi de longue date... Seul un incident technique indépendant de ma volonté...

A ce moment parut un garagiste rouge de surprise et noir de cambouis.

— Hé! dit-il. Y'a un gars qui vient de tomber

dans le canal. Ouais, là-bas. Je crois qu'il est de chez vous, un grand, avec une pipe et un chapeau, l'air un peu... un peu chose, quoi, vous voyez pas? Ah, vous parlez d'un type, alors! Sa bagnole était en panne, le carburateur sans doute, pas grave, et moi je la remorquais sur les quais. Paf! Le câble qui pète. On descend, on discute un peu, si vous voulez mon avis, le gars avait freiné, dans sa bagnole, un peu jojo, quoi. Un câble, ça pète pas comme ça, non? Mais pas moyen d'y faire comprendre! Un peu fermé, moi je crois, le gars, un peu... un peu chose. Je remets un câble, je remonte dans la dépanneuse, je fais tourner.

Alors j'entends une portière qui se ferme,

derrière moi. Je me dis: bon, il est remonté. Qu'est-ce que vous auriez fait à ma place? Je démarre. Ah, chouette, vous parlez d'un système! Vingt ans de métier: jamais vu ça. J'entends un plouf dans l'eau, des gens qui gueulent. Je m'arrête, je me dis: ce serait pas mon gars, des fois? Tout juste. Vous savez ce qu'il avait fait? Ah! c'est un mariol, moi je vous le dis. Quand j'ai démarré, il était encore debout sur le câble, et quand le câble s'est tendu, forcément, il a été projeté. Ça a fait comme une fronde, vous voyez? Vous parlez d'un truc. Paraît qu'y a des gens qui ont vu passer mon gars à l'horizontale, avec sa pipe et ses gants de monsieur, et piquer dans le canal. Il s'en est sorti, mais je vous jure, il est un peu chose, c'est pas possible! Si des fois vous l'attendez, faut qu'y se sèche, et que je regarde un peu le carburateur. M'a l'air quasiment noyé, celui-là aussi...

— Eh bien, dit le commandant, Hulot s'était inscrit pour deux passagers. Il va falloir que deux personnes attendent ici. Voyons... Y a-t-il des volontaires?

— Me! cria l'Anglaise.

Et avec joie. Elle s'était trouvée assise auprès du philosophe et celui-ci commençait à l'endoctriner. L'Anglaise descendit. Martine prit sa place. L'intellectuel continua son discours:

— ... la législation doit céder le pas à l'inspiration doctrinale. En un mot...

Madame Dubreuilh resta avec l'Anglaise. Elles nous rejoindraient plus tard, avec Hulot. Monsieur Ménard apparut sur le pas de sa porte, un bon sourire aux lèvres: tranquille jusqu'au soir. Le commandant, debout dans l'automobile de tête, un cabriolet, déplia une carte d'état-major, tendit le bras en avant et s'écria d'une voix forte:

— Direction... Nord! Hop!

La colonne blindée s'ébranla dans un envol de mouchoirs blancs.

— Au revoir!
— A ce soir!
— Soyez sages!
— Amusez-vous bien!

Après cinq kilomètres de route nous prîmes par le chemin creux et le petit bois apparut à nos yeux.

– Attention... Halte! cria le commandant dès que nous parvînmes à la lisière.

Après quelque temps, il fut évident que la voiture de monsieur Hulot ne nous rejoindrait pas. Martine s'inquiéta un peu sur le sort de sa tante. Pourvu qu'il ne leur arrive pas un accident... Je me sentais mélancolique. Encore une occasion perdue.

Nous fîmes une courte inspection des lieux et des environs: rien n'avait changé. Les dames installèrent les nappes. Chacun repéra son rond de serviette afin de ne pas se tromper. Nous nous assîmes en rond dans la clairière. Sardines, œufs durs, jambon, viande froide, pas de légumes (c'est la chose la plus difficile à emporter), fromage et fruits. Le commandant vouait les assiettes sales à l'alignement et découpait méthodiquement le melon. Madame la commandante renversa de l'huile sur sa robe bleue.

– Une petite promenade comme ça vous creuse l'appétit, déclara monsieur Fred.

Je n'avais pas faim et, comble de malheur, j'avais oublié mes gouttes.

– Ne te charge pas trop l'estomac, me dit ma femme. Le grand air pourrait te saisir.

A quatre heures, comme de juste, la pluie fut sur nous. Le commandant sonna le rassemblement. En grande hâte on empila les restes dans les voitures, on rabattit les capotes, on mit en marche les essuie-glaces.

– Direction... Sud!

Et voilà.

Devant la porte de l'*Hôtel de la Plage,* nous retrouvâmes madame Dubreuilh et l'Anglaise. Elles descendaient d'une superbe voiture décapotable, noire, parsemée de chromes et garnie de cuir, que conduisait un élégant jeune homme à la fine moustache.

– Je ne sais comment vous remercier, monsieur, lui dit madame Dubreuilh, tandis que le jeune homme regardait Martine. Oui, je me sens beaucoup mieux maintenant. Votre voiture est très confortable. Mon malaise s'est dissipé. Merci, monsieur.

– C'était la moindre des choses, madame.

– Thanks! dit l'Anglaise. G'd bye!

*
* *

– Tisane? Thé?

– J'accepterais volontiers une tasse de thé, répondit madame Dubreuilh. Je suis exténuée.

– Où aviez-vous disparu? lui demanda Martine. Nous vous avons attendus.

– Ah, ma chérie, ne m'en parle pas!

– Mais...

– Ta pauvre tante est bien à plaindre, crois-moi, dit madame Dubreuilh en sucrant son thé.

– Aoh! It was very funny! s'écria l'Anglaise à brûle-pourpoint.

– For you! lui lança madame Dubreuilh.

– Yes!

– Mais raconte-moi! dit Martine.

– Ah, Martine, quel pique-nique ! Quand l'automobile de monsieur Hulot est arrivée enfin, nous nous sommes aperçues, miss Topping et moi-même, que le siège avant était tout mouillé. Pourquoi ? Je l'ignore. Nous nous sommes tant bien que mal installées dans le spider et comme, devant nous, la capote était dressée, nous n'avons entrevu qu'une faible partie du paysage. Mais tout de même, ces petits villages au loin, ces toits rouges, ces clochers...

– Très joli, dit miss Topping, d'excellente humeur.

– Vraiment, reprit madame Dubreuilh, on ne se serait pas cru si près de la mer. Et soudain, nous crevâmes à l'arrière, de mon côté. Une crevaison, mon Dieu, ce n'est pas un bien grand malheur. De nos jours, il y a des garagistes à tous les coins de

route. Nous fîmes halte au bord d'un fossé sans ombre. Monsieur Hulot – je dois dire à sa décharge qu'il fut fort civil dans ses manières – nous offrit de nombreuses excuses, nous interdit de descendre et entreprit de changer la roue. Nous étions à ce moment-là, miss et moi-même, engagées dans une passionnante conversation sur les pâtisseries anglaises, et je constatais avec plaisir que mon anglais de collège restait encore fort correct. Ainsi, pour les expressions typiquement londoniennes, comme *how do you do,* ou *I beg your pardon...*
 – Et la roue, ma tante?
 – La roue? Ah! oui, la roue. Eh bien, monsieur Hulot passa derrière nous et introduisit, je crois, un cric sous la voiture. J'entendis affreusement grincer des engrenages, et quelle ne fut pas ma stupéfaction en voyant ma voisine, miss Topping, s'élever lentement dans les airs, puis soudain retomber! Ah, me dis-je, il se passe quelque chose sous cette voiture. A peine avais-je fait cette constatation que je me sentis à mon tour doucement soulevée comme sur un fauteuil de dentiste. Mon siège montait, mais oui. Arrivé au point culminant, d'où il m'était donné d'admirer enfin un paysage verdoyant et vraiment délicieux, le siège retomba d'un seul coup. Monsieur Hulot vint auprès de nous et ôta par deux fois son chapeau. Que voulait signifier ce geste? Je ne sais pas. Tout cela me parut bien étrange, mais la discussion que je poursuivais ardemment avec miss Topping

m'accaparait à un tel point que j'oubliai bien vite l'incident. Peu après, d'ailleurs, la voiture s'ébranla, assez brutalement, mais ces vieux moteurs manquent de souplesse. «Enfin», dis-je, «nous repartons.» Nous étions dans une descente et la voiture prenait assez rapidement de la vitesse. «Notre retard ne sera pas très important», pensai-je. Il est en effet extrêmement désagréable, pour une personne bien élevée, de gâcher une bonne journée de plein air par une panne stupide, n'êtes-vous pas de mon avis?

– Mais si, madame, certainement, dit monsieur Ménard.

Madame Dubreuilh but une gorgée de thé. Elle pesait ses mots et préparait un coup de théâtre, cela se voyait. Dans son regard un peu lointain, un peu fatigué, on devinait toutes les épreuves subies.

– Ah, Martine, quel pique-nique! reprit-elle. Nous nous promenions tranquillement, nous admirions les belles contrées traversées, nous évoquions les coutumes britanniques, si curieuses parfois. En réalité, dès ce moment-là, nous étions en danger de mort.

– En danger de mort! s'écria Martine, incrédule.

L'assistance muette était suspendue aux lèvres de madame Dubreuilh. Celle-ci but une gorgée de thé. Puis elle tapota affectueusement la main de sa nièce.

– Ma chérie, tu as failli ne plus revoir ta tante.

– Allons, voyons...

– Au milieu de cette course folle où nous conversions, miss Topping et moi-même, comme dans un salon, sais-tu qui nous aperçûmes tout à coup au bord de la route? Je dis bien: au bord de la route?

– Qui, ma tante?

– Ce monsieur Hulot!

– Ce monsieur Hulot?

– Oui, ma chérie.

– Ce n'est pas possible...

– Si. Monsieur Hulot. Pourquoi n'était-il pas à son poste de chauffeur? Je ne puis l'expliquer. La voiture était partie sans lui. Etait-ce une mauvaise farce, un accident? Comment monsieur Hulot se trouvait-il si loin, déjà, de l'endroit où nous avions crevé? Mystère. Avait-il sauté en marche? Je ne sais pas. De toute façon, il n'était plus avec nous. Rien ne pouvait ralentir la marche du véhicule, et nous nous trouvions, je le répète, dans une descente! Notre vitesse augmentait. Nos chapeaux ne tenaient que par miracle sur nos têtes. D'une seconde à l'autre nous pouvions nous écraser contre un arbre ou sombrer dans un gouffre.

– C'est affreux, entendit-on dans l'assistance.

– Une véritable course à la mort, dit monsieur Ménard.

– Et alors? demanda Martine.

– Alors? Emportée par l'élan acquis, l'automobile déréglée s'engagea sous un haut portail et pénétra dans une vaste allée, celle sans doute d'une propriété privée, de très belle apparence. Par les trous de la futaie je distinguais des vasques admirables et des statues vêtues de lierre...

— Et la voiture? demanda Martine.

— Ah oui! La voiture! Elle filait toujours. Monsieur Hulot s'élança à notre poursuite. Il franchit à son tour le portail, mais une paire d'énormes chiens apparurent au détour d'un taillis et bondirent sur lui. Monsieur Hulot fit demi-tour et s'enfuit comme le vent. Nous le perdîmes de vue. La voiture avançait toujours en cahotant sur un pneu crevé. La roue de secours, qui, vous le savez, est placée à l'extérieur du capot, se décrocha et, restant suspendue par un seul fil de fer, se mit à rouler sur le sol comme les autres. La corne est attachée à cette roue de secours, vous avez pu la voir. A chaque tour de roue, le pneu écrasait la corne et un petit cri aigrelet s'élevait. Vous voyez le bel équipage dans lequel nous allions à la dérive! Mon Dieu, que d'émotions! Bientôt claquèrent des coups de feu, oui, des coups de feu. On nous tirait dessus.

– Sans sommations? demanda madame la commandante.

– Sans sommations. Evidemment, nous violions une propriété privée, mais de là à ouvrir le feu sur nous! Que se passait-il? Voici: prenant les couinements de la corne pour les cris de quelque canard, le châtelain – nous étions sans le savoir dans le parc d'un manoir du XVIIIe siècle, de très grande allure – se mit à tirer un peu au hasard. Je dois vous dire que ce monsieur, que nous devions avoir par la suite tout le plaisir d'apprécier, un homme charmant, courtois, plein d'esprit, raffiné dans ses manières, très vieille race, mais malheureusement paralysé par une goutte héréditaire sur un fauteuil roulant, se faisait pousser, sur sa terrasse, par un valet nommé Firmin, et déchargeait son arme en direction de ce qu'il prenait pour des cris d'oiseaux. C'était tout à fait excusable, et le malentendu se dissipa bientôt. Des deux mains, Firmin arrêta l'automobile, qui était parvenue devant le perron, et nous mîmes pied à terre. On nous réconforta. Pendant plusieurs heures, le châtelain daigna nous raconter quelques très belles histoires de chasse. Ensuite, son fils, un jeune homme de belle éducation, nous reconduisit.

— Il faut aller vous reposer, ma tante, dit Martine qui avait retrouvé son sourire moqueur.

— Oui, ma chérie. Tu as raison.

Je m'approchai de madame Dubreuilh et lui demandai d'un ton négligent:

— Qu'est devenu monsieur Hulot?

— Je l'ignore, monsieur. La dernière vision que je garde de lui est celle d'un homme s'enfuyant à toute allure, escorté par deux molosses couverts de bave qui aboyaient près de ses jambes.

Les vacances se terminaient tristement sans monsieur Hulot. Ce dernier soir, pourtant, j'eusse tant aimé qu'il fût près de nous. Il m'eût semblé, peut-être, que les vacances ne sont qu'une légende, et que pour certains elles peuvent durer toujours.

Mais monsieur Hulot n'était pas là. Il battait la campagne avec une meute à ses trousses.

Le repas fut morose. Le bulletin météorologique nous promit un temps variable avec quelques éclaircies localisées (je m'en moquais éperdument: nous partions le lendemain). Le commandant commenta le récit de madame Dubreuilh et démontra, à l'adresse des étrangers présents, que la galanterie française n'est pas morte. Après quoi, madame la commandante ayant renversé la salière, il lui déclara sans ambages qu'elle n'était qu'une sotte. Le Brésilien, qui n'a pas eu ce qu'il désirait, dévorait la coquette des yeux. C'était ce soir, ou bien jamais. Jamais, je pense. Rêveuse, la coquette cherchait déjà, par la pensée, un autre soupirant, car le Brésilien partait le lendemain, comme nous.

Ma femme me contraignit à prendre une double ration de gouttes, pour ne pas emporter un flacon presque vide.

Néanmoins, au cours de notre dernière promenade vespérale, et tandis que le commandant expliquait à un inconnu comment serait tiré le feu d'artifice de la Fête-Dieu – ce feu d'artifice est la grande œuvre du commandant – je sentis naître en moi une espérance. Quelque chose m'annonça que la soirée ne se terminerait pas sans un coup d'éclat de monsieur Hulot. Des aboiements de chiens retentirent dans le lointain, cessèrent, reprirent. Ils paraissaient se rapprocher. Etait-ce Hulot poursuivi ?

Le calme revint. J'attendis encore quelques minutes devant la porte de l'hôtel.

– Allons nous coucher, dit ma femme. Demain, nous avons une journée fatigante.

– Je viens.

Tant pis, pensai-je. Il est trop tard, maintenant. Hulot ne reviendra pas. Je ne le reverrai plus. Et moi qui aurais tant aimé lui témoigner ma gratitude...

La plupart des clients (certains partiraient en même temps que nous, le lendemain) s'étaient déjà retirés dans leurs chambres. Seul, ou presque, près de l'unique table encore dressée, celle de Hulot, le garçon attendait, les bras croisés sur son torchon. Ce n'était pas la première fois qu'il attendait ainsi. Il ronchonnait. Il bâillait aussi. Vivement la fin des vacances...

Les premières explosions, encore légères, retentirent inopinément au moment où je mettais le pied sur l'escalier. Vite, je fis demi-tour et sortis.

– Où vas-tu ? dit ma femme.

Je ne lui répondis pas. Un phénomène inattendu venait de se produire. Et cela continuait. J'avais peut-être une dernière chance.

Dehors, des lueurs désordonnées traversaient la nuit. Je levai les yeux.

– Le feu d'artifice! m'écriai-je presque malgré moi.

– Le feu d'artifice! répétèrent des gens autour de moi.

– C'était pour ce soir?

– On ne nous a pas prévenus...

– Je croyais que c'était pour le quinze août!

– Mais c'est dangereux, voyez! Ça part de tous les côtés!

– C'est un accident!

Le grand mot lâché, les gens commencèrent à perdre la tête. Des fusées passaient en rase-mottes un peu partout. L'artificier connaissait très mal son affaire. De ma place, je ne pouvais voir d'où partaient exactement les fusées, mais un je ne sais quoi, dans le crépitement saccadé des étincelles qui tombaient en cascades de toutes parts, dans la pagaille, dans le vacarme qui s'amplifiait rapidement, un je ne sais quoi me fit immédiatement reconnaître le style de monsieur Hulot. Lui seul était capable de cet acte génial : un feu d'artifice prématuré! Dans sa fuite, pour se protéger des chiens, il s'était sans doute enfermé dans la cabane du pyrotechnicien. Là, craquant une allumette pour reconnaître les lieux, il avait enflammé un cordon et mis le feu aux poudres.

Il me faudrait une plume épique pour décrire ce qui suivit. En un clin d'œil, la ville et la plage ruisselèrent de gerbes étincelantes. Des grands et des petits soleils qui tourbillonnaient n'importe où, des caisses entières de pétards qui crépitaient comme un feu de salve, des fusées qui jaillissaient à l'aveuglette, avançaient en vrille et frappaient au hasard, c'était un déchaînement grandiose. Elle était là, la vraie fête, énorme, inattendue. Les façades blanches s'illuminaient et s'éteignaient pour renaître un instant plus tard, et le phare tournant, là-bas, au bout de la jetée, faisait soudain triste figure. On ne le voyait plus. Au large, les pêcheurs, s'il y en avait, devaient croire à un incendie.

Bombardés sans égards, des passants tardifs coururent se mettre à l'abri. Au premier étage de l'hôtel, une fenêtre claqua comme un drapeau. Le commandant apparut en chemise et bonnet de nuit, jumelles à la main.

– Tous à vos postes! lança-t-il.

Il sommeillait sans doute au cœur d'un rêve héroïque. Peut-être ne se rendait-il pas encore compte qu'on lui volait son feu d'artifice.

– Ils ne passeront pas! ajouta-t-il en se tournant vers son épouse, qui accourait avec une écharpe.

Une boule de feu qui fonçait en spirale frôla la

joue du commandant. Il referma la fenêtre. Dans la chambre, la boule explosa. La fenêtre se rouvrit. Au milieu d'une épaisse fumée je vis l'officier, la peau noire et le poil soulevé, sans bonnet et presque sans chemise, se pencher à la fenêtre et crier:

– A moi, mes braves!

Une petite explosion, qui eut lieu juste sous son nez, le rejeta précipitamment en arrière.

Des cris s'élevèrent dans la nuit déchirée. Les yeux fous, des gens couraient à droite et à gauche.

Des crapouillots éclataient sous leurs pas. Je me représentais Hulot au cœur de la fournaise, là-bas, débordé, tentant vainement d'éteindre les flammes multipliées, Hulot brûlé, Hulot trépidant, Hulot désespéré cherchant un arrosoir.

Je rentrai dans le hall. Les clients s'étaient précipitamment retrouvés là, mal réveillés, dans leurs tenues nocturnes. Ils parlaient à voix haute et les femmes criaient au tremblement de terre, au cataclysme. Monsieur Smutte s'était par mégarde coiffé du chapeau de hussard de son fils. Régis et l'Anglaise riaient. Vint le commandant en robe de chambre, le visage noir, les jumelles autour du cou. On l'entoura. Que se passe-t-il, commandant ? Il donna des ordres.

– Vite, à cheval! dit-il à monsieur Smutte, dont il reconnut la coiffure.

On se passait les directives. On guettait les sorties de secours et les robinets: si le feu se déclarait! Surtout ne pas s'affoler. Faire face. Drapé dans un peignoir de bain qui jadis fut rose, monsieur Ménard apparut et donna toute l'électricité. En rallumant dans le petit salon qui sert de discothèque, il remit en marche le disque favori de monsieur Hulot, qui se trouvait sur le pick-up. Cela fit un charivari de tous les tonnerres. Complètement abasourdis par les trompettes d'un côté, par les retentissantes pétarades du feu d'artifice de l'autre, les clients marchaient de long en large, se heurtaient, s'embrassaient comme pour la dernière fois, pleuraient ou éclataient de rire, l'air égaré. On ne les reconnaissait plus. Les yeux bouffis par le sommeil, monsieur Fred en pyjama vert édictait ses volontés dernières. Madame Paillaud se signait en disant des *miserere*. Le Brésilien tremblait de tous ses membres et parlait d'évacuer les femmes les premières. La coquette n'hésitait pas à se montrer en bigoudis. Le garçon se servait un grand verre de fine. Monsieur Ménard téléphonait en vain.

On eût dit, éperdus mais contents de se retrouver vivants tous ensemble, les locataires d'un immeuble, dans une cave, sous un bombardement.

– Il se passe quelque chose, dit ma femme.

Je ressortis.

La grande fête illuminée battait son plein. De la falaise à la mer jaune, sur le ciel sans autres étoiles, volaient et s'éparpillaient en tonnant les fusées et les gerbes de flammes. Debout près du parapet, indifférent aux dangers courus, j'étais inondé de lumière, harassé de bruit, et je riais aux éclats. Lorsque le grand bouquet éclata, au-dessus du phare, il me sembla que les étincelles fugitives dessinaient dans la nuit la silhouette démesurée de monsieur Hulot, d'un monsieur Hulot sans limites qui m'épouvantait et m'émerveillait à la fois.